'쓸데없는 짓은 없다'라는 믿음이

마냥 막연하지 않은 이유는

함께 걷기 때문이에요.

감사합니다.

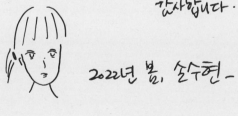

2022년 봄, 손수현_

쓸데없는 짓이

어디 있나요

◇

쓸데없는 짓이

어디 있나요

손 수 현   에 세 이

알에이치코리아

언제나 마주 앉아 이야기했던 친구가 어느 날 보여준 무심한 옆모습처럼 솔직하게 아름다운 에세이다. 배우, 작가, 감독으로 유연히 변신하는 손수현의 빛나는 신념에서 온기 스민 생활까지 페이지마다 가득 담겼다. 혼자도 걷고 여럿이도 걷고 느리게도 걷고 씩씩하게도 걷는 손수현 배우가 자주 글을 써 주면 좋겠다. 그가 멈춰 바라본 곳을 우리도 바라보고 싶어질 테니까.

__정세랑 (소설가)

손수현의 이야기는 어디로 튈지 모른다. 그러니 우리
는 손수현이 잡고 이끄는 손을 놓쳐서는 안 된다. 손수현은 우리를
데리고 갑자기 털썩 주저앉아 바닥에 있는 작은 꽃을 보게 할 것이
고, 자신의 집으로 데려가서는 철푸덕 바닥에 누워 소파 밑의 고양
이를 보게 할 것이다. 그러곤 또 다른 이야기들을 들려줄 것이다.
이 모든 것은 연관이 없어 보이지만 사실 하나의 줄기다. 차가운
세상에서 따뜻하게 살아갈 마음을 유지하는 법. 불안한 세상에서
흔들리지 않으며 춤출 수 있는 법 등. 만만치 않은 세상을 살아가
는 손수현의 비법과 그런 세상을 살아가는 사람들에 대한 응원
이다.

　　　　읽다 보면 어린 시절이 떠오르기도, 내가 했던 수많은
이별들이 떠오르기도, 과감했던 순간들이 떠오르기도 한다. 에세
이는 작가를 파악할 수 있는 가장 확실한 장르라던데 손수현의 글
은 오히려 나를 돌아보게 한다. 나도 그런 적 있었는데…… 공감
뒤에 따라오는 회상은 나를 저 멀리로 데려간다. 손수현의 글처럼
독자인 나도 어디로 튈지 모르게 된다. 그러니 안전벨트를 꼭 매고
글을 읽어야 한다. 아주 기쁜 곳으로 데려갈 수도 있고, 평생 내가
놓치고 살았던 곳으로 데려갈 수도 있고, 마주하기 싫었던, 허나

마주해야 했던 곳으로 데려갈 수도 있으니까.

　　　　마냥 개인의 기억만으로 파고드는 이야기는 아니다. 그 속에서 사회를, 제도를 꼬집는다. 결국 개인과 사회는 이렇게 연결되어 있음을 영리하게 설파하며 사회의 그림자로 그의 시선이 향한다. 사회와 개인 사이를 밀접하게 연관 지으면서도 퐁당퐁당 점프하는 작가의 화법은 지극히 매력적이다. 마치 다큐멘터리와 픽션을 오가는 아녜스 바르다의 영화처럼 말이다. 불안장애와 가스라이팅 등의 문제가 언급되며 이것이 비단 개인의, 개인 간의 문제만이 아님을 외친다. 자신의 삶의 비극에 대해서도 냉담하게 푼다. 달리 그것 말고는 방법이 없다는 듯이 담담하게 적어 내는 작가의 글에서는 무력함 대신 함께 걸어가자는 연대감이 느껴진다. 손수현의 어릴 적 별명은 '손수건'이라던데 어릴 적 친구들이 선견지명이 있었나 보다. 손수현의 글은 현세에 필요한 손수건이다.

_신승은 (뮤지션)

며칠 전에 우연히 '폭풍 추격대'에 관한 기사를 접했다. 폭풍 추격대는 저마다의 이유로 폭풍을 쫓는다. 보통은 폭풍을 연구하기 위해서지만, 누군가는 사진을 찍기 위해서, 누군가는 특별한 경험을 위해서 폭풍을 찾아간다. 실제로 폭풍 추격대가 될 생각은 없지만 이 흥미로운 기사를 접하고 떠오른 사람은 다름 아닌 수현이었다. "토네이도가 나오는 영화 찍으러 같이 갈래?" 하고 묻는다면 대부분은 "너 미쳤니?"라는 반응을 보일 텐데 수현은 눈을 빛내며 "진짜?" 하고 되물을 것만 같기 때문이다. 난 수현과 만난 적은 없다. 하지만 왠지 성도 다 떼고 "수현!" 하고 부르고 싶다. 아마 이 책을 읽은 사람이라면 누구든 수현을 친구라고 여기게 될 것이다. 우리는 모두 조금씩 다르다. "너 좀 이상해, 특이해"라는 말을 많이 듣다 보면 조금씩 나 자신을 사회가 원하는 모양으로 깎아 내고 조각하게 된다. 이 미친 세상에서 이상한 나 자신을 믿는 건 좀처럼 쉽지 않다. 그 과정에서 자신을 잃어 가기 마련이다. 그러나 이런 세상에서도 나 자신을 믿는 유쾌한 방법을 수현은 안다. 바로 친구다. 대화고 연대고 깔깔거리며 웃고 믿음이다. 『쓸데없는 짓이 어디 있나요』를 읽다 보면 그녀와 작은 언덕에 앉아 수박을 먹으며 영화 얘기, 음악 얘기, 동물 얘기, 세상 얘기를 하고 있는 나를 상상하게 된다. 괴롭힘당한 일을 이르고 엉엉 울고만 싶다. 그럼 그녀는 자신의 이야기를 들려줄 것이다. 이따금 나의 이상함은 타인의 이상함으로 위로받으며 이해된다. 사실 우린 이상한 게 아니라 조금 사랑스러운 거였다는 걸 알게 된다. 나 또한 수현의 글에서 두둑한 용기를 얻었다. 우리는 약간의 이상함으로 연대한다는 사실을 말이다. 저기, 폭풍이 휘몰아치는 세상이 있다. 뒤돌아 도망가지 말고 안으로 들어가 보자, 카메라를 들고 가 보자고 그녀는 말할 것이다. 무섭지만 우리에겐 친구가 있으니까.

_문보영 (시인)

　　　손수현과 처음 만난 건 그가 주연을 맡았던 영화 뒷풀이 자리였어요. 몇 마디 말을 나누지는 못했지만, 상냥하고 예의바른 사람이라고 생각했던 기억이 납니다. 하지만 그런 사람은 세상에 흔하지요.

　　　몇 년 뒤 신문사 인터뷰어로 다시 손수현을 만나게 되었습니다. 양화대교를 걸어서 건너는 동안 이런저런 이야기를 나

눴습니다. 선량하고 솔직하며 사려 깊은 사람이었습니다. 그런데 그런 사람도 세상에 드물지는 않아요.

다시 몇 년이 흘러 동네 이웃으로 손수현을 가까이 보게 되었습니다. 저에게 그는 이제 '끊임없이 일을 벌이는 사람'입니다. 그런 사람은 정말 찾아보기 힘들어요. 저 무궁한 에너지가 대체 어디서 나오는지 궁금해하곤 했지요. 이 에세이에서 해답을 찾았습니다. 그는 세상에 쓸데없는 짓이 어딨나요, 라고 믿는 사람입니다. 도전하고, 긍정하고, 반짝거리는 문장들이 자기를 꼭 빼다 닮았습니다. 책의 마지막 장을 넘기며 맑은 아름다움에 부러움을 느꼈습니다. '나도 이렇게 살고 싶다! 너무 늦은 건 아니겠지?' 그게 내 한줄평이에요. 그의 주변에 아예 없다는 INTJ 작가로서 말하건대, 저는 MBTI를 절대로 신뢰할 수 없을 것 같습니다. 왜냐하면 그런 선천적 인간 유형이란 게 정말로 존재한다면, INTJ에게는 손수현의 눈과 기분으로 세상을 대면할 기회가 영영 없을 테니까요.

_손아람 (소설가)

직업상 풀네임으로 불리는 날이 많았을 그의 책을 다 읽고 난 뒤, 아주 다정한 목소리로 "수현아~" 하고 소리 내 불러 보고 싶어졌다.

수현은 '음성언어를 잘 못한다'고 자신을 소개한다. 입에 작은 엑스가 그려진 토끼 '미피'처럼 어릴 때부터 말이 느리고 소심하며 낯을 가렸다고. 말이 느린 수현은 자동차를 직접 운전해 어디든지 빠르게 달려간다. 임시 보호할 강아지를 만나러, 좋아하는 친구와 좋아하는 공간을 만나러. (나는 수현의 SNS에 종종 올라오는 운전석 셀카를 무척 좋아한다.)

말하기 어려울 땐 배지로, 스티커로 표현하는 방법을 찾는다. 기득권층에게 편리한 사회구조 안에서 문득 나태해지지 않았는지 자신에게 끊임없이 묻고, 차별에 대한 저항의 방법을 고민하고, 책 한 권이라도 더 펼쳐 보려는 그의 노력과 진심이 책 사이사이에 묻어난다.

세상에는 다양한 면이 있음을 알기에 입체적으로 세상을 바라보려 무지개색 손수건(그의 별명이다)이 된 손수현. 미완결이거나 준최선이거나 혼란 속에 있는 와중에 매번 쓸데없는 짓을 벌이고 있는 것 같더라도, 꼭 잊지 말아야 할 중요한 한 가지 사실은 수현도 나도, 우리 모두 지금 살아 있다는 것이다. 수현이 임보하던 강아지 '사라'의 이름이 '살아남았다'는 뜻으로 붙여진 것처럼 말이다.

　　에세이는 잘 살아온 사람만이 쓸 수 있는 것이 아니다. 살아 있고, 살아남았고, 살아온 사람 누구나 쓸 수 있다. 에세이 혹은 일기를 쓰면서 매일 조금 더 잘 살아갈 수 있다고 나는 믿는다. '우리가 온전하게 우리일 수 있는 동네에서, 안전하게 살면 좋겠다'는 수현의 느리고 다정한 말투와 만남과 이별로 눈물 짓는 그의 하루를 자세히 상상해 본다.

_이랑 (아티스트)

옮긴이의 말

눈이 처음 나빠지던 날이 기억난다. 이렇게 말하면 그게 어떻게 기억나냐며 다들 놀라곤 하는데 눈이 나빠지던 날 내가 더 놀랐기 때문에 생생하게 기억이 난다.

당시 나는 초등학교 3학년이었고, 초3답게 학교에서 돌아와 늘어지게 텔레비전을 보다가 소파에서 잠이 들었다. 잠들기 전까지는 분명 맑은 시야였다. 그런데 이게 무슨 일이야. 몇 시간이 지난 후 눈을 뜨니 세상이 희미한 게 아닌

가. 갑자기 넘어지면 놀라서 악 소리도 나지 않을 때가 있다. 막 잠에서 깨어난 내가 그랬다. 눈을 비벼 보았다. 눈을 몇 번 끔뻑끔뻑하다가 질끈 감아도 보았다. 그래도 여전히 시야는 흐릿했고 울 타이밍을 놓친 아이처럼 우두커니 앉아 있을 뿐이었다. 그날부터 안경을 끼기 시작했다.

어렸을 때 책 보는 걸 좋아했다. 소심하고 말이 별로 없던 나는 그냥 방에 틀어박혀 집에 있는 책을 전부 봤다. 당시에는 핸드폰도 없었고, 컴퓨터를 하려면 엄마 허락을 받았어야만 해서 책을 보거나 일기를 쓰거나 그림을 그리는 일 말고는 할 일이 많이 없었다. 다들 그랬는지 모르겠는데 나는 습득이 느린 편이어서 당시 유행하던 대중음악이나 영화, 드라마 같은 걸 잘 몰랐다. 중학교에 갈 때까지 그랬다. 아는 거라곤 만화영화 노래나 여전히 동요 같은 것들뿐이었다. 그 와중에 유일하게 아는 대중음악이 하나 있었는데 MBC드라마 「걸어서 하늘까지」의 OST였던 〈걸어서 저 하늘까지〉다. 이 노래는 어떻게 알았냐. 엄마 아빠가 보던 드라마였던가. 잘 기억나지 않지만, 당시 살던 아파트 비상계단을 뛰어 올라가며 제목과 똑같은 후렴구를 신나게 불러 댔던 기억은 생생하다.

　　　　어쨌든 노래 한 줌 없는 고요한 방에서 혼자 책을 봤다. 화장실에도 책을 가지고 들어가서 엄마가 자꾸 왜 그러냐고 했다. 아빠도 신문을 가지고 들어가는데 왜 나한테만 그럴까 생각했다. 이불을 뒤집어쓰고 책을 보는 것도 좋아했는데 엄마가 도대체 왜 그러냐고 할 때마다 그게 좋은 이유를 설명하기가 힘들었다. 포근한 안정감 같은 건 여전히 설명하기 힘들지만 좋으니까. 반대로 꾸준히 좋지 않던 독서 습관은 결국 초등학교 3학년, 내게 안경을 쓰게 만들었고 그와 동시에 어떤 자부심을 같이 씌워 줬다. 나는 책을 많이 읽은 바람에 눈이 나빠졌다네. 엄마는 말했다. "우리 수현이는 얌전하고, 책도 많이 보고. 그래서 그런 건지 글도 잘 쓰지. 날 닮았달까." 어렸을 때 엄마는 그렇게 칭찬을 했다. 그래서 글을 잘 쓰고 싶었다. 칭찬에 보답하고 싶었던 나는 머리를 굴렸다. 방학 숙제였던 독후감을 베끼기로 작정한 것이다. 베낄 글은 책의 맨 앞에 적혀 있던 '옮긴이의 말'로 나름 치밀하게 정했다. 그걸 그대로 옮겨 적기 시작했다. 무슨 말인지도 제대로 알 수 없던 그 옮긴이의 글을 성성성의껏 옮겨 적었다. 옮긴이의 말은 내 손을 거쳐 다른 종이에 정말 '옮긴'이의 글이 되었다. 칭찬받을 마음에 발이 벌써 바닥에서 떨어졌다. 그대로 날아가 옮긴이의 글을 엄마에게 보여 줬고 우리 집은 그날 난리가 났다. 엄마는 몇 번이나 물었다. "이거 정말 네가 쓴 거 맞아? 너무 잘 썼다. 우리 딸 천재인가 봐. 정말로 네가 쓴 거 맞니?" 몇 번 고개를 끄덕이다가 민망함에 방으로 들어갔던 것이 기억난다. 쪼그라든 마음을 보곤 양심이라는 게 정말 있구나 싶었다. 이제 엄마가 칭찬 그만하고 그 종이 좀 돌려줬으면 좋겠다고 생각했다. 학교에 제출하게.

하지만 엄마는 멈추지 않고 내 가슴 왼쪽, 오른쪽, 몸통 어딘가에 있을 양심을 정면으로 붙잡고 말하기에 이르렀다. "이걸 어디 신문사 같은 데 보내야겠다!" 방 한가운데에 심장이 내동댕이쳐지는 걸 경험했다. 무서움에 눈물이 팡 터졌고, 역시 눈물은 타이밍이다. 나는 울먹이며 글씨 크기 1포인트만큼이나 작은 목소리로 말했다. "엄마…… 그거…… 내가 쓴 거…… 아니……."

칭찬은 달콤하다. 너무 달콤한 게 입에 들어가면 외부 자극을 차단하는 막이 씌워지는 기분이다. 초콜릿은 매끈한 보호막, 그러니까 이가 저 끝까지 썩어 가도 모르는 것이지. 나는 달콤한 제의를 받고 이 글을 쓰고 있다. 한 출판사에서 에세이를 써 보자고 한다. 그러니까 이건 에세이다. 에세이, 에세이…… 에세이라 함은 사전적 의미로 '일정한 형식을 따르지 않고 인생이나 자연 또는 일상생활에서의 느낌이나 체험을 생각나는 대로 쓴 산문 형식의 글…… (중략) 작가의 개성이나 인간성이 두드러지게 나타나며 유머, 위트, 기지가 들어 있다.' 아, 거창하다. 영원히 박제되는 그 시절 나의 인간성이라니. 무서운 일이 아닐 수 없다. 그러니까 에세이란 잘 살아온 사람만이 쓸 수 있는 거 아닌가.

사실 예전에 출간 제안을 한 번 받은 적이 있다. 옮긴이의 말을 베껴 내던 나는 쑥쑥 자라 2013년에 데뷔했는데 버스커버스커의 〈처음엔 사랑이란 게〉 뮤직비디오를 찍고 조금 반짝 바빠졌을 때다. 어안이 벙벙할 무렵이었는데, 느닷없는 출간 제의에 두 번 벙벙했다. 에세이는 그러니까, 어느 정도 뭔가 이룬 사람이 쓰는 그런 거잖아요. 제안은 정말 감사하지만 죄송합니다. 거절했다. 곰곰이 생각해 봐도 쓸 말이 없었고 애초에 그런 걸 쓸 자격이 없다고 생각했기 때문에. 그러고 8년이 지났다. 이렇게 써 놓고 보니 8년밖에 안 지났다. 나는 다시 한번 달콤한 제의를 받았다. 그리고 쓰고 있다. 그래서 이제 애송이가 아니란 거야? 건방지군. 물론 여전히 애송이다. 다만 이런저런 할 말들이 생겨난 애송이고, 이빨이 저 끝까지 썩기 전에 치과 정도 스스로 방문할 수 있을 만큼은 용감해진 사람. 세상이 여자에게 가혹하다고 해서 스스로에게도 그러지 말자, 다짐하고 나니까 마음이 조금은 편안하다. 이 정도면 됐잖아요.

2022년의 끝자락에 다다랐다. 엄마의 칭찬에 발이 바닥에서 떨어지는 건 이제 꿈에서나 가능한 일이 되었다. 이 책이 무사히 완성된다면 훨씬 더 많은 사람을 만날 수도 있겠지만 그렇다고 내 발이 동동 뜰 리는 없을…….

열심히 옮겨 보려 한다. 이번엔 안 베끼고.

차
례
◇

◇

고양이: 슈짱

슈짱의 두 눈 색깔이 다르다는 걸 자주 잊는다.

오른쪽 눈은 파릇하고 왼쪽 눈이 푸르른 것을 보면서 파랑과 초록은 사실 같은 색이 아닐까 생각했다. 콧잔등에 있는 점은 점점 진해지고 이마 쪽에 몇 가닥 있던 회색 털은 진작에 희미해졌다. 집안일을 하다 보면 가끔 하얀 수염이 한 개씩 빠져 있는 걸 발견하곤 하는데 슈짱은 자기 수염이 하나씩 사라진다는 걸 알고 있을까. 슈짱이 처음 이갈이를 했을 때 내 방에 남겨 놓고 간 송곳니가 마냥 사랑스러웠다면 주인 잃은 수염은 조금 슬퍼지는 기분이다. 요즘 친구의 의견을 수렴해 한쪽 벽에 슈짱과 앙꼬, 땅이의 빠진 수염을 붙여 모으곤 한다. 땅이의 수염과 슈짱의 수염은 똑같이 하얘서 분간하기 어렵지만.

과묵하던 슈짱은 도대체 어디 갔는지 요즘의 슈짱은 종알종알 말이 많다. 자다가도 뜬금없이 내가 느껴지는지 부스스한 얼굴로 슬그머니 눈을 맞추고는 무언의 입을 벌린다. 투명한 눈알은 사실 끝도 없는 우주이고 온몸을 덮고 있는 새하얀 털은 알고 보면 그곳의 안테나일까. 고양이가 종종 말없이 벙긋거린다는 것을 슈짱 덕분에 알았다. 그 자체가 언어라는 것도, 인간인 내 귀에는 들리지 않는다는 것도. 아직도 너에 대해 모르는 것이 산더미다.

그래도 조금 알 것 같은 것은 네가 말을 멈추는 순간인데, 너를 번쩍 들어 올려 어깨에 걸쳐 안을 때, 무릎에 앉힐 때, 엉덩이를 팡팡 할 때나, 네 털과 내 살이 닿았을 때가

그런 순간들이다. 맞나? 그렇다면 네가 나한테 건네는 말이 대충 무엇인지 알 것 같기도 하다.

그렇지만 절대로 확신은 아냐.

어린이였던 슈짱은 이제 13살이 되고, 22살이었던 나는 35살이 된다. 잠자는 시간은 어느덧 어렸을 때만큼이나 많아졌다. 12년이라는 시간은 얼마나 많은 기억을 구덩이에 묻어 버렸을까. 니콜 키드먼의 이름을 매번 까먹을 때마다 기억력이 유독 좋지 않다는 사실을 깨달아서 인생이 2배는 더 아쉬운 기분이다. 그렇지만 그 와중에도 슈짱과의 시간은 대부분 생생하게 기억나는데 보통은 다 이상한 기억이다. 왜냐면 고양이는 진짜 이상하기 때문이다. 둘도 없는 가족이라는 듯 앙꼬를 성심성의껏 핥아 주다가 갑자기 솜방망이 날리는 슈짱을, 쥐돌이를 진짜 쥐로 안 것인지 몸을 잔뜩 부풀리고 하악질을 하던 한 살의 슈짱을 잊을 방법이 있나요.

고양이와 함께 지낸다는 것은 어쩌면 '쟤 진짜 왜

저래'라는 말을 머리띠 걸친 입*에 달고 살게 된다는 의미일지도 모른다. 떨어져 보낸 시간 동안 슈짱은 무슨 생각을 했을까 생각하면 눈물이 찔끔 나다가도 이유 없이 앙꼬를 때리곤 핥아 주는 모습을 보면서 쟤 진짜 왜 저래……. 여전히 쥐돌이를 보며 오도방정을 떠는 슈짱의 별명은 숙자, 숫장, 슈슈, 그리고 잔혹한 포식자.

　　　　산타할아버지가 엄마랑 아빠였다는 사실을 알게 된 어른처럼 슈짱은 이제 쥐돌이가 진짜 사냥감이 아니란 사실을 알게 되었지만, 내가 열심히 흔드는 쥐돌이에 깜빡 속는 척이라도 해 줘서 고맙게 생각한다. 장이 예민해서 밥을 자주 바꾸지도 못하는데 불평 없이 맛있게 먹어 주고, 입이 짧은데도 물에 개어 준 밥은 끝까지 먹어 주어서 고맙게 생각한다. 고양이들은 물을 잘 먹지 않는 경우가 많다는데 슈짱은 물잔에 사료를 띄워 주면 사냥하듯 재미있게 한 그릇을 비운다. 매일 너에게 고맙다. 종종 못해 준 기억을 더듬으며 후회할 일

＊　　신승은, 〈아이고 행복〉 가사에서 발췌. '행복해요. 입꼬리로 머리띠 해요.'

만 남았구나 하는 나에게 매일매일 말 걸어 줘서, 거기에 미운 마음은 하나도 없는 것 같아서 어쩔 줄을 모르겠다.

처음 본 네 눈은 분명 초록과 파랑이었지만, 나는 언제부턴가 그 사실을 자주 잊는다.

◇

스티커 떼기

신념은 떼기 어렵다. 신념은…… 떼기 어렵다. 신념은, 떼기, 가, 어렵……! 젠장.

어느 날 저녁, 책상에 앉아 하염없이 되뇌던 문장이다. 노트북에 덕지덕지 붙어 있는 스티커를 떼던 날이었다. 곧 있을 단편영화 촬영 때 내 노트북을 소품으로 써야 했기 때문이다. 핸드크림과 안 쓰는 카드, 유통기한이 지난 선크림과 물티슈를 옆에 가득 쌓아 두고 한 시간가량을 말 그대로 어깨가 빠지도록 스티커를 떼어 냈다. 붙일 때는 너무도 쉽게 찰싹 붙었던 것 같은데, 단단하게 붙어 있던 스티커는 막상 떼어 내려니 생각보다 강력했다. 만신창이가 된 팔뚝을 부여잡고 거의 다 써서 쪼그라진 핸드크림과 그걸 닦아 낸 휴지 더미를 의미 없이 노려봤다. 이걸 왜 여기에 붙여서 이 고생인가. 'ALL GENDERS WELCOME', 'BORN THE HATE. FIGHT THE PEACE'를 지나 마지막 스티커, 너만 남았다. '해일이 오는데 조개를, 뭐라고요?'

서구권 문화를 접하다 보면 표현의 자유라는 말이 자주 나온다. 누구나 표현의 자유를 보장받아야 한다는 헌법에 근거해 서사를 풀어내거나 혹은 어떤 서사가 그 조항에 근거한다거나, 같은 말인가. 아무튼, 비록 전 대통령이 트럼프이긴 해도 멀리서 보기에 그곳은 자유의 나라, 뉴스 속 앵커의 표정이 많은 나라, 커밍아웃한 유명한 배우가 (그나마) 많은 나라. 미디어가 현실을 대변하듯 서양권 유명 인사들의 발언은 아시아에서 나고 자란 내가 보기엔 입이 벌어진다. 저렇게까지 말해도 괜찮다니. 생판 모르는 남 걱정이 시작된다. 나보다

돈이 몇백 배는 많은 배우의 안위가 걱정되어 뒷감당을 어떻게 하고 있는지 찾아보는데 이 멀리서 살펴보니 그래도 생각보단 괜찮은 것 같다. 그렇다고 거기 사정이 좋다는 건 아니지만. 어딜 가나 겹겹의 배제가 존재하고 거기서 생겨나는 차별의 경중을 나눌 수는 없는 일이지만, 크리스틴 스튜어트가 방송에서 뻑큐를 날려도 자필 사과문 같은 거 안 써도 된다니. 아이고, 다행입니다.

　　　스티커를 몇 시간째 떼어 내다 보니 '양성평등, NO'라는 피켓을 들고 시위를 하는 사람들의 마음이 이해가 될 뻔했다. 하지 말라고 하면 더 하고 싶은 법이구나. 그래서 시간 내 그렇게 열심히 외치는구나. 누군가도 내가 덕지덕지 붙인 스티커를 보고 그런 생각을 할까? 다른 점이 있다면 나는 그 피켓을 보고 실소를 흘린다는 것이고, 누군가는 내 스티커를 보고 열불이 터진다는 것이다. 서울 광장에서 열리는 퀴어 축제에서 축제를 즐기지 못하고 하늘을 우러러 바라보며 기도하는 사람들이 그 사실을 증명한다. 같이 즐기면 좋을 텐데, 아쉬운 마음이다. 어쨌든 그들도 참 고생이고 나는 뭔데 사서 이 고생이냐 자문자답을 해 본다. 하늘만치 솟아난 산을 힘겹게 넘나드는 사람들을 보고 나면 목구멍까지 차오른 단어들이 한입에 꿀떡 넘어가기 때문에. 끔찍하게 커다란 알약 같다. 반대 시위 피켓과 이 스티커란, 뒷동산과 한라산, 앞동산과 태백산맥, 꿈동산과 에베레스트산. 그러니 가끔은 치사하게도 내 마음을 누군가 대변해 주었으면 좋겠고 그래도 할 말은 많으니까 조금 우회하는 방법으로 스티커를 붙였나. 그래서 나 이러고 있다.

요즘엔 굿즈가 그렇게나 유행이라고 한다. 독립영화관이나 각종 영화제, 여성단체 등의 어떤 행사를 가면 꼭 있는 굿즈들 중 하나가 스티커다. 각각의 슬로건이 적혀 있는 동그랗고 네모난 혹은 제멋대로의 스티커는 무언갈 상징하고 내 마음을 대변한다. 예를 들면 '술이라도 줄여요.' 문소리 감독님의 영화 「여배우는 오늘도」에 나오는 대사다. 이 대사로 만든 굿즈가 우리 집 냉장고에 붙어 있다. 비록 그 대사를 보면서 소주를 꺼내 먹지만 내가 지금 술을 먹는다는 사실을 한번은 인식하게 되니 그야말로 굿즈의 힘은 강력하다. 굳이 소리 내어 '동물착취에 반대합니다'라고 말하지 않아도 그 문구를 어딘가에 붙여 놓는 것, 그것만으로 어, 너도? 야. 나두.

굿즈를 모으는 데에는 여러 가지 각자의 이유가 있겠지만 나와 비슷한 용도로 가방에 배지를 주렁주렁 달고 다니는 사람들이 있다. 타인의 가방에 빼곡한 배지를 보며 말 한 번 나누지 않아도 안전함을 느낄 때가 있다. 나는 가방의 배지 대신 노트북의 스티커로 그걸 대신한다. 맨질한 노트북에 하나 슬쩍 붙여 보니 썩 마음에 든다. 새하얀 노트북이 눈 덮인 들판이라면 하나둘씩 붙여진 스티커는 발 시린 고양이의 발자국. 빼곡하게 올곧은 문구들이 도도하지만 가끔은 외롭고, 그래도 역시 떼기는 어렵다. 스티커는 떼기가 어렵다.

◇

모르는 개 산책

"번지점프 해 봤어?" 황망하게 뻗은 대지에는 번지점프대가 꼭 하나씩 있다. 이런 허허벌판이라면 번지점프대가 제격이지 하는 느낌으로 덩그러니 솟아 있다. 그러니까 수도권에서 조금은 벗어나야 보이는 게 번지점프대이고 그럴 때 보통 누군가 옆에 있으니까 고갤 돌려 묻는다. "저거 뛰어 봤어?" 나는 안 해 봤다. 고소공포증이 있는 건 아니지만 아무리 그래도 줄 하나에 매달려 뚝 떨어지는 꼴이라니. 돈 준다면 모를까 돈 내고는 못 할 짓인 것만 같다. 네. 무섭다는 말이에요. 인간이 가장 공포를 느끼는 높이는 아파트 10층이라고 한다. 왜 하필 10층일까. 숫자가 커질수록 겁이 나야 하는 게 더 맞는 말처럼 느껴지는데. 하여튼 날 수도 없는 데다가 10층이면 덜덜 떠는 인간인 주제에 우리는 건물을 이렇게나 높게도 지어 놨다. 10층을 넘어서면 눈에 뵈는 게 없어지는 건지도 모를 일이다.

번지점프대에 서면 흐물거리다 똑 떨어질지도 모를 친구 신연경의 별명은 느타리다. 흐물거리는 모양새가 꼭 느타리 같아서 붙여진 별명이다. 느타리는 '만약에'라고 시작하는 질문을 좋아한다. "만약에 60평짜리 집을 준대. 근데 간접조명 못 켜고 평생 백열등만 켜고 살아야 해. 그리고 천 원짜리 물건으로만 집 꾸밀 수 있어. 살 거야?" 혹은 "언니, 268층에 있는 펜트하우스를 그냥 준대. 근데 엘리베이터가 없어. 근데 맨날 출근해야 해. 가질 거야?" 이런 식이다. 아무 쓸데가 없는 질문이다. 가끔은 또 어디서 이상한 걸 듣고 와서는 실실거리며 묻는다. "언니. 팔만대장경 8만 번 필사할래, 아니면 대장내시경 8만 번 할래?" 나는 어이가 없어 웃다가 진지하게 대답했다. 팔만대장경 8만 번 필사가 낫지. ……아. 젠장. 잠깐만. 아닌가. 헛웃음이 나는 질문이란 걸 알면서도 진지하게 고민될 때가 있다. 특히 이 질문이 그랬다. "언니. 모르는 게 상책? 모르는 개 산책?" 말문이 턱하고 막혔다. 어이가 없어서가 아니고 정말로 고민이 되어서. 당장이고 모르는 개와 산책이 목구멍까지 치밀다가도 내가 무언갈 전부 알아 버리는 것은 또 다른 지옥이 아닐까 하는 생각이 드는 것이다. 정말 모르는 게 상책인가.

　　　　예전에 15층 아파트의 15층에서 살았다. 오래된 복도식 아파트였는데 그때 나는 유치원도 못 가던 꼬맹이였고 길게 뻗은 복도에서 3살 어린 동생과 매일매일 경주를 했다. 맨 꼭대기 층에서 작은 키로 올려다보던 하늘은 늘상 텅 비어 있었다. 하늘에선 가끔 눈이나 비가 내렸고 구름이 떠다니거나 새가 울면서 지나다녔는데 그것도 눈 깜빡하면 금방이어서 내가 얼마나 높이 떠 있는지 알 도리가 없었다. 엄마가 외출한 어느 날이었다. 벼르던 나는 굳이 낑낑대며 의자를 복도로 가지고 나왔다. 냉큼 그 의자를 밟고 올라서서 난간에

기댔다. 손에는 왜인지 구둣주걱이 들려 있었고 이 부분이야
말로 정말 이해할 수 없는 대목이다. 4살쯤 된 남동생은 내가
서 있는 의자 밑에서 나를 물끄러미 올려다보았다. 나는 보란
듯이 난간에 기댄 채 몸을 주욱 뻗고서 구둣주걱을 손끝으로
대롱대롱 잡고 있었다. 몸은 난간에, 발 주걱은 손에 이중으로
대롱대롱 매달려 있는 꼴이었다. 아득한 저 밑을 바라보면서
내가 아주 높네, 생각했다. 날개가 달려 있다면 당장이고 날아
버리고 싶은 마음을 그때 희미하게 느꼈더랬다. 그러고서 얼
마나 있었을까. 하얗게 질려 의자에서 허겁지겁 내려왔던 건
집에 돌아온 엄마가 그 장면을 목격했기 때문이었다. 저 멀리
서 소리치며 달려온 엄마는 그 길로 내 웃통을 홀딱 벗겨 집
앞에 내놓았다. 죄 없는 동생이 안에서 호되게 혼이 나는 소
리를 들으며 집 앞에 놓여 있던 장독대 옆에 앉아 훌쩍였다.
눈에 뵈는 것 없던 7살엔 그랬다.

　　　　　이제는 알겠다. 그날 그렇게 크게 혼이 났던 이유
는 내가 쨱쨱이 새가 아니었기 때문인 것을. 그 사실을 알게
된 뒤론 높은 곳에선 오금이 저린다. 높다랗게 뻗은 번지점프

대 위에서 과감하게 뛰어내릴 수 없는 이유는 만에 하나라도
줄이 끊어졌을 때 날아오를 수가 없다는 걸 이제는 알아서.
패러글라이딩을 사진으로 바라만 보며 꿈에서나 날아오르는
이유 역시 나는 새가 아님을 알기 때문인 것이다.

　　　음성 언어를 잘 못한다. 사람들 앞에 나서서 음성
으로 말을 할 바에야 텍스트로 전달하는 것이 훨씬 편안하다.
유독 사람들이 많거나 그 사람들을 하나하나 특정 지을 수 없
을 때 불안함을 느낀다. 그러니까 어느 정도 상황이 파악되어
야지 경계가 풀리고 무언갈 말할 수 있는 용기가 생긴다는 말
이다. 그래서 어떤 사람을 처음 만날 때면 의심부터 잔뜩 하
고 본다. 저 사람은 어떤 사람일까. 무슨 생각을 하고 있을까.
나에게 위험한 사람일까? 나는 원래 스스럼없는 사람이었던
것 같은데 언제부턴가 그런다. 내가 누군가를 좋아한다고 해
서 그들이 나를 다 좋아해 주지 않는다는 걸 알고 나서부터는
무턱대고 내 모든 걸 드러낼 수 없는 것이다.

　　　흔히들 하는 말이 있다. 다 내 마음 같지 않아. 다

내 마음 같지 않아서 오해가 생기고 다툼이 생기지. 맞다. 그 경험이 켜켜이 쌓여서 높다란 담장을 만들어 내고 10층이 훌쩍 넘는 건물을 올려 대는 것만 같다. 허허벌판의 번지점프대는 아무래도 위험하게 느껴지니까. 몇 년 묵은 담장에 기대어 앉아 올려다보는 하늘은 그럼에도 불구하고 7살 그때의 하늘처럼 넓고 끝이 없어서 여전히 그곳에 닿고 싶다. 슬쩍 입을 떼어 본다. "느타리야. 아무래도 모르는 게 상책인 것 같긴 한데…… 모르는 개 산책도 하고 싶어."

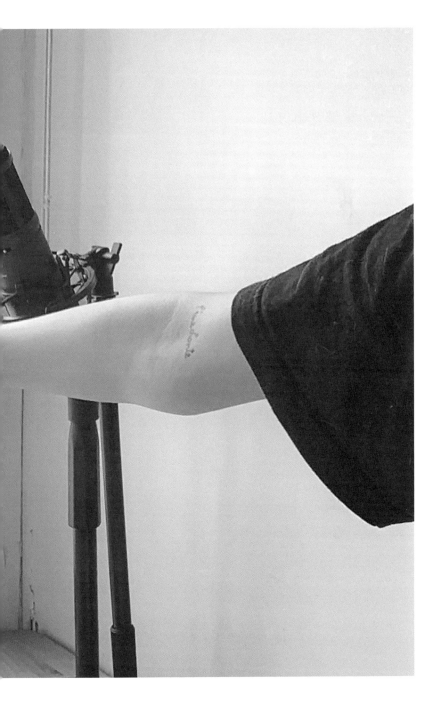

◇

나의 루틴과 앙꼬

아침에 일어나서 지키는 몇 가지 규칙이 있다. 이것을 사람들은 그럴듯하게 루틴이라고 한다. 내 루틴 몇 가지를 나열해 보자면 우선 일어나서 첫 번째로 꼭 밥을 먹어야한다는 것. 꼭 거나한 쌀밥과 몇 첩 반상이 아니더라도 단호박이라든지, 모닝 두부라든지, 비건 단백질쉐이크라든지 조막만한 것도 좋으니까 뭐라도 입에 들어가야지 마음이 편해진다. 그러고 나서는 꼭 얼음 가득 담은 커피를 마셔야 하는데 커피만큼은 반드시 더치 커피여야만 한다. 더치 커피가 아닌 경우에는 금세 위가 쓰려 오기 때문이다. 더치 커피가 요즘만큼 유행하지 않았을 때는 꾸역꾸역 아메리카노를 들이키며 쓰린 위를 부여잡기 일쑤였다. 이 부분에 대해 스스로 조금 까탈스러운 건 아닐까 고민하면서 변명거리를 생각해 보았는데, 아무래도 그 차이는 커피를 내리는 방식에 있는 것 같다. 일반적인 아메리카노나 핸드드립 같은 경우에는 간 콩 위에 뜨거운 물을 붓는다. 반면 더치 커피는 차가운 물로 한 방울씩 오랜 시간 동안 추출하는데 이때는 커피콩의 기름기가 덜 묻어나는 느낌이랄까. 기름기에 위가 자극받지 않는 느낌이다. 아무튼, 맛도 좋다. 시야를 가리지 않는 우리 집 옥상에서 담배를 한 대 피우며 마시는 차가운 커피는 그제야 내가 하루를 시작한다는 사실을 알려 주는 것만 같다. 그렇게 잠시 멍을 때리려는데 그때 머릿속에 등장하는 이는 우리 집 둘째 고양이, 앙꼬다.

앙꼬는 우리 집에서 제일 식탐이 많다. 어찌나 먹을 걸 좋아하는지 입 짧은 슈짱 좀 먹으라고 만들어 놓은 츄르는 앙꼬가 다 먹고, 느리게 조금씩 먹는 땅이를 배려해 분

리를 해 놔도 기어코 뛰쳐나와 앙꼬가 다 먹고, 언젠가 발견하면 재밌게 먹으라고 캣타워와 고양이 집, 박스 안 곳곳에 숨겨 놓은 말린 간식도 결국엔 앙꼬가 다 먹는다. 그러니까 우리 집 냉장고에 들어 있는 애들 간식은 보통 앙꼬가 다 먹는다. 그런 앙꼬에게도 루틴이 있다. 아침 먹기 전에 영양제 츄르 먹기……. 그거 더 맛있게 먹기 위해 창밖을 바라보며 배고픔 참기 등이다. 내 루틴 가운데에는 당연히 고양이들을 챙기는 과정이 있는데 앙꼬는 나를 끊임없이 관찰해 그 규칙을 깨우치고 말았다. 내가 밥을 다 먹고 커피를 마시기 위해 일어서는 바로 그 순간, 그는 그 틈을 예리하게 노린다. 나보다 더 빠른 발걸음으로 냉장고 앞에 앉아 나를 기다리고 있다. 가끔 내 아침밥 루틴이 길어지거나 본인이 허기짐을 참지 못할 때는 평소에 부리지 않던 애교를 부리거나 밥 먹는 식탁 위로 올라와서 그 작은 목소리로 잔소리를 한다. 참고로 앙꼬의 목소리는 세상의 고양이들 중에서 제일 조그맣다.

가끔 고양이들에게 특식을 만들어 줄 때가 있다. 캔 따는 소리에 반응하는 건 둘째 앙꼬와 셋째 땅이뿐이다.

터줏대감 슈짱은 이제 달리지 않아도 내가 자기에게 대령할 것이란 걸 잘 알아서 앉아 있던 자리를 고고히 지킨다. 캔을 따서 3개의 접시에 공평하게 3등분을 하려다가 어차피 앙꼬가 제일 많이 먹을 거라는 사실을 예상하곤 앙꼬의 접시에 반 스푼을 더 덜어 둔다. 네가 이겼다. 캔 사료 위에 영양제를 뿌리고, 츄르와 물을 조금 섞는 동안에도 애들은 밑에서 난리가 난다. 빨리 내놓으라며 울고불고. 기다려. 나 안 뺏어 먹어. 더 맛있게 해 주려는 거란다. 그들을 위한 밥을 만들면서도 눈치를 보는 것이 어이없다고 생각하면서 꿋꿋이 버틴다. 특히 앙꼬가 가장 심하게 보채는데 목소리가 너무 작은 바람에 가끔 음 이탈이 난다. 냑! 하면서.

　　　　사람들은 고양이 울음소리를 묘사할 때 '야옹'이라는 단어를 쓰는데, 결단코 그렇지 않다. 우리 집만 해도 슈짱의 울음소리는 '미야앙'이라든가 '미야아아아아앙'. 앙꼬는 아주 작은 목소리로 웅얼대듯이 '우우'나 '우욱'. 끝 음이 올라가는 게 포인트다. 막내 땅이는 누굴 닮았는지 목청이 매우 큰 편인데 그 큰 목소리로 '웩옹'을 한다. 성질이 나면 '웨엑!…

옹.' 애들이 각자 다른 목소리를 내며 나를 부를 때마다 웃음이 터지고 마는데 어느 날엔 웃다가 문득 궁금해졌다. 앙꼬 너도 네 목소리가 작다는 사실을 알고 있니. 궁금해진 나는 특식을 만들다가 말고 세면대 물을 세게 틀어 보았고 그와 동시에 조용히 입을 다무는 앙꼬를 보면서 심장을 부여잡고 말았다. (와락 껴안으며) 너를 어떡하지?

　　　　다 큰 성묘들은 울음소리로 커뮤니케이션을 하지 않는다는 연구 결과를 들은 적이 있다. '미얍' 하며 목소리를 내는 때는 오직 어린 고양이였을 때, 엄마 고양이에게 뭔가를 요구할 때. 하지만 인간은 여러모로 둔한 바람에 고양이들은 다 커서도 오직 인간에게만 음성 소통을 시도한다는 것이었다. 그러고 보니 셋이서 오랫동안 대화하는 건 들은 적이 없네. 이상한 몸짓을 본 적은 많았어도. 날 위해서만 내어 주는 작은 목소리를 매일 아침 듣는다. 그게 몇 년이 되고 나니까 이제야 조금 그의 말을 알아들을 수 있는 것 같다. 밥 좀 빨리 먹고 간식 좀 줘라. 니만 처먹니.

◇

잘 들어가

2020년의 서울국제여성영화제 개막작은 여러모로 신박했다. 코로나 상황이 길어지면서 여성 영화인 지원 프로젝트의 일환으로 개막작을 공모한 것이었는데 그 결과 1분 이내의 작품 50편이 묶여 개막작이 되었다. '코로나 시대, 서로를 보다'라는 주제로.

나와 송예은 배우도 참여했다. 제작비를 쓸 수 없는 상황이어서 화상 통화하는 장면을 녹화해서 썼다. 나는 당

시 갑상선기능항진증에 걸린 상태였지만 진단을 받기 전이어서 모르는 상태였다. 그저 심장이 튀어나오려는 것이 아, 또 부정맥 시작이구나 싶었다. 쿵덕거리는 심장을 부여잡고서 촬영이 시작되었고 한 테이크면 끝날 줄 알았는데 몇 번을 가니 지쳐 갔다. 편집을 마치고 나니까 음악이 있으면 좋겠다 싶었다. 그때 신승은이 만들어 두고 안 쓰던 음악을 선뜻 내어 주었다. 개막작에 들 수 있을까 싶었는데 들었다. 우리는 지원금을 나눠 갖고 월세를 냈다. 코로나는 아직도 끝이 나질 않고 영화제는 몇 개가 없어졌다. 돈이 없는 모든 것은 어디로 갈까? 그래도 다들 열심히 한다. 산다.

너는 그래도 좋아하는 거 하잖아.

종종 보는 저 문장, 잘 봐 봐. 완벽하게 이탈한 자동차 바퀴 같다.

오랜만에 친구를 만나 술을 먹었다. 나는 소주 한 병 반 정도를 마실 수 있던 사람이었는데 갑상선기능항진증을 앓고 나서는 그것의 절반 정도밖에 못 먹게 되었다. 조금 마시고 많이 취할 수 있는 가성비 인간이 된 것이다. 프리랜서인 친구도 요즘 돈벌이가 변변찮아 택시를 타기는 좀 부담스럽다며 조금만 먹고 일찍 헤어지기로 했다. 그게 가능하지 않다는 걸 모르는 자는 없었지만 어쨌든 그렇게 시작되어야 진짜 술자리 아닌가.

어떻게 지내. 나는 뭐 알다시피 아팠어. 너는? 나야 매번 똑같지. 뭐 먹고 사냐. 그게 걱정이지. 그러게. 야, 벌써 5월이다. 세금 신고해야 하는데 할 때마다 까먹어. 나도. 우리 그런 거 안 배우고 뭐 했냐. 나 이번에도 환급받을 듯. 나도. 그 얘기 들었어? 적금만 드는 건 사실 돈 까먹는 일이래. 왜? 물가는 계속 오르잖아. 그런데 이자율이 너무 낮은 거야. 돈을 가지고만 있으면 물가가 오르는 만큼 깎이는 거지. 어, 맞네. 그렇게 생각해 본 적은 없어. 그래서 꼬박꼬박 저축만 하는 일이 이젠 바보라는 거구나. 그치. 근데 이상하지 않냐. 성실하게 사는데 멍청한 사람 취급을 받는 게. 그러게. 그래서 내가 이번에 주식을 사 봤는데…….

서로의 안부를 물으며 시작된 이야기는 여기저기로 뻗쳤다. 굳이 돈을 쓰면서 술을 마셔 대는 것이 아깝지 않을 만큼 알딸딸해졌고 그런 만큼 대화는 저 멀리 갔다. 이제 정말 집에 가야 하는 시간이야, 막차는 애저녁에 끊겼어도. 취하기 전에 약속한 일은 언제나 무용지물이 되는 법이다. 친구는 결국 택시를 타고 집에 가기로 했다. 내일부턴 절대 택시 안 탈 것이라는 다짐과 함께. 요즘엔 햄버거를 주문하는 일도 택시를 잡는 일도 젊은이에겐 편리하지. 핸드폰을 들어 올려 손가락을 몇 번 놀리니까 택시가 잡혔다. 택시를 기다리며 우리는 길 한구석에서 물에 젖은 종이 마냥 흔들거렸다.

　　　우리 늙으면 택시도 못 잡고 집에 걸어가겠다. 그러다 먹은 술 다 깨겠지. 아까워. 나이가 든다는 건 돈이 많이 드는 일인가 봐. 늙어 가는 일이 안 무서운 세상이었으면 좋겠다.

　　　우리는 그리 와닿지도 않는 말들을 술김에 지껄이며 흔들거렸고 서로가 똑바로 안 보이는 바람에 실실 웃음이 났다. 곧 택시가 도착했다. 친구는 첫 번째 안녕을 하면서 뒷문을 열고는 털썩 몸을 기대었고 나는 갑자기 코팅된 종이가 되어 또박또박한 발음으로 기사님에게 말했다. "잘 부탁드립니다." 동시에 몸을 숙이고서 친구에게도 말했다. 매번 건네는 인사.

"도착하면 연락해."

택시 문을 조심스레 닫고는 친구와 두 번째 안녕을 했다. 이윽고 택시가 출발했다. 멀어져 가는 택시 뒤꽁무니를 아련하게 바라보았다. 헤어진 연인이 마지막 인사를 한 것처럼 보일지 모르겠으나 사실 실눈을 뜨고서 택시 번호를 보고 있던 것이었다. 술김에 꾸역꾸역 외운 번호를 적어 친구에게 전송하는데 동시에 친구에게 문자가 왔다.

조심히 들어가고 도착해서 연락해.

뚫어질 듯 문자를 바라보던 나는 실소를 흘리고서

몸을 돌렸다. 알 사람들은 알만한 그 실소. 그래. 조심히 들어가야지. 허리를 꼿꼿하게 펴고 고개는 당당하게 들고 빠른 걸음으로 걷다 보니 내가 지나온 길에는 아주 긴 일직선이 그려졌다. 계속해서 같은 속도로 길을 걷는다. 먹은 술이 아깝다고 생각하면서.

3에게

2020년 1월, 코로나19가 전 세계에 창궐했다. 내가 이 글을 쓰고 있는 지금은 그로부터 9개월이 지난 시점이다. 사회적 거리 두기 2단계와 2.5단계 기간은 내 카드값과 비례하고 집에만 박혀 있는 생활은 생각보다 길어졌다. 어떤 관련이 있는지는 모르겠지만 갑자기 천장 한구석에 먼지가 소복이 쌓여 있던 아이폰3의 전원을 켜고 싶어졌다.

쓰던 핸드폰을 버리지 않고 모아 두는 편이다. 액

정이 깨졌거나 들떴거나 버튼이 망가져 사용할 수 없게 된 것
들 어느 하나 버릴 수가 없는 그런 인간인데 갑자기 그 많은
핸드폰 중 가장 오래된 애의 안부가 궁금해진 것이다. 친구가
지어 준 내 좌우명은 '쇠뿔도 단숨에 빼라.' 그러고 보니 이 속
담 되게 별로다. 쇠뿔을 왜 빼. 상황을 비유하며 설명하는 것
이 멋지긴 하지만 왜 하필 쇠뿔일까. 왜 하필 벼룩의 간이고
꿩 먹고 알을 왜 먹지. 고양이 없는 마을을 조심하라는 어느
유럽 마을의 속담이 문득 훌륭하다.

어쨌든 30핀 충전기를 단숨에 구매했다. 세상은 너
무 빨라진 것도 모자라 충전기 구멍까지 옹졸해지게 만들었
는데 아직도 계속 빨라서 어저께 주문한 충전기가 하루 만에
도착했다. 빠르게 3을 충전기에 꽂았다. 얘는 지도 모르는 새
느려져 전원이 켜지는 데 한참이나 걸렸다. 세상이 빨라질 때
제일 먼저 버리게 되는 건 성질일까? "아 왜 안 켜져"를 100번
정도 말했을 때 전원이 들어왔다. 오랜만에 보는 잠금 해제
버튼을 옆으로 밀어 보니 필름 카메라를 인화한 듯한 화질의
화면이 켜졌다. 당연히 손가락은 제일 먼저 사진첩으로 향했

다. 인류가 멸망한 뒤 새로운 문명이 누군가의 핸드폰을 발견한대도 단언컨대 나랑 같은 순서일 것이라 확신하며. 그런데 별거 없다면 미안해서 어떡하냐. 아슬아슬하게 놓칠 뻔한 지하철에 헐레벌떡 몸을 싣고 한 입 베어 먹은 델리만쥬의 맛이 생각났다. 별거 없었다. 수백 장의 과거를 기대했던 사진첩에는 누군가 찍어 준 내 사진이 2장 있었는데 옆에서 그걸 보던 친구가 말했다. "아, 이거 점점 생기는 건가 보다." 메시지와 메모 역시 텅텅 비어 있었고 연락처에는 단 2개의 이름만이 각각 '휘'와 '핵'이라는 단어로 저장되어 있었다. 누구세요.

　　　허무함에 괜히 사진 어플을 켜 친구의 방을 찍었다. 지금 카메라의 속도가 '촥'이라면 10년 전 카메라는 '차아알칵'의 속도라는 것을 10년의 시간이 한꺼번에 찍히는 바람에 깨달았다. 조금 더 기다리니 현재가 찍혔다. 10년 전 아이폰에는 셀카 기능이 없었다는 것을 발견할 때쯤 한가운데 놓여 있는 아이팟 어플이 뒤늦게 눈에 들어왔다. 지금도 이 어플이 있던가? 잠시 생각했고 곧이어 이 핸드폰을 음악 듣는 용으로 사용했다는 것이 떠올랐다. 그 어플에는 당시 즐겨 듣던 노래가 촘촘히 담겨 있었다. 지금은 안 들을 것 같은 노래도 있었고 지금 들으니 좋은 노래도 있었고. 즐겨 듣던 그 노래가 범죄자의 노래가 될 줄이야 그때는 알았겠나.

생각해 보면 그때는 모르는 것이 너무 많았다. 물론 지금도 많지만 어쨌든 예전을 생각하면 아무런 의식이 없었던 듯 희뿌연 이미지들로 가득하다. 내가 작동하기 시작했다는 생각이 든 것은 얼마 되지 않았는데 이를 확신하는 이유는 기능에 비해 단순하다. 기억이 또렷하기 때문이다. 기억의 물리적 거리와는 무관한 또렷함. 필연적으로 나는 그때보다 조금 더 또렷하게 선택을 하기 시작했다. 이를테면 성범죄자의 노래를 더는 듣지 않겠다는 다짐이나 누군갈 비하하는 욕은 목구멍에서부터 막아 버리는 일 등. 완벽할 순 없을지언정 인지라도 시작한 셈이다.

어느 날 누군가 나에게 했던 말이 생각난다. 그는 슬프게 말했다. "너의 세상이 좁아진 것 같아." 이 말이 약간 충격이었는지 일상에서 종종 생각나곤 한다. 그때 내가 무슨

말을 했더라. "내 세상 안 좁은데"라며 그냥 웃었던 것 같기도 하고. 사실 진짜 하고 싶었던 말은 따로 있었다. 너의 세상과 나의 세상을 합치면 어때? 그러면 조금 더 넓어지지 않을까. 물론 그의 말은 다른 의미였다는 걸 알고 있다. 그러니까 하고 싶은 말을 전하려면 시간이 조금 걸린다는 것도. 10년 동안 담겨 있던 노래마냥 기다려야 할지도 모를 일이다.

　　맞다. 나 아이폰에 대해 말하고 있었는데. 옛날에 즐겨 듣던 노래를 들으니 감회가 새롭다는 말을 하려고 시작한 이야기가 여기까지 왔다. 갑자기 만난 3. 네 덕분에 멀리도 다녀왔다. 어떤 관련이 있는지는 모르겠지만, 문득 공기청정기 괴담이 생각난다. 누군가 공기청정기 필터에 숨겨 놓은 5만 원권 돈뭉치를 까먹고 당근마켓에 팔아 버렸다는 슬픈 이야기. 무심함의 대가에 소름이 돋는다. 나는 너를 안 버려서 다행이다.

◇

김치뽕

'한국인'을 수식하는 여러 가지 말이 있다. 빨리빨리. 강남 스타일. 비빔밥. 박지성 알아요? 두 유 노 김연아? 그중 으뜸은? 단연 김치다. 집마다 어딘가에는 몇 종의 김치가 꼭 놓여 있고 때가 되면 김치를 직접 담는 수고스러움을 감내하는, 가장 맛있는 모습으로 오랫동안 보관하기 위해 김치 전용 냉장고를 기어이 개발해 내는 민족. 김치엔 민족의 얼이 있고 배를 곯던 한이 있으며 그러니 빨간 고춧가루는 사실 우리의 혈血인 것이다.

고리타분한 옛 규범을 필사적으로 지키려는 보수 세력에 지치고, 세계화 시대에서 국경을 나누는 일이 무의미하다는 생각이 든 지 오래지만 김치만큼은, 그래, 김치만큼은 우리 것이라는 농담 반 진심 반의 문장을 던져 본다. 깍두기 볶음밥에 배추김치전을 부치고 열무김치를 얹어 먹는 우리, 이 정도 말은 할 수 있지 않나. 왜 이렇게 힘이 들어갔냐 하면 별건 아니고…… 얼마 전 김치를 잔뜩 주문했기 때문이다. 물론 노 젓갈, 비건이다. 열무김치와 총각김치, 파김치와 배추김치까지. 나 오늘 김치뽕 좀 맞았다.

얼마 전 깍두기를 직접 담그면서 깨달은 것은 김치에는 얼과 한도 있지만, 이 세상 모든 엄마의 수고로움이 담겨 있다는 것이었다. 젠장. 웬만한 신생아보다 커다란 배추를 몇십 통이나 해결해야 한다니 그것은 민족의 얼이라기보다는 엄마의 설움이다. 그러니 김장 시즌이 되면 아파트의 욕조는 배추를 절이는 곳으로 탈바꿈한다. 그 욕조에서 소금에 절여진 배추는 잔다. 그 전에 배추를 반으로 쪼개야지. 꼭지에 살짝 흠을 내서 양쪽으로 쫙 벌리면 가랑이 찢어지는 소리를 내며 두 동강이 나는 배추. 거기에 틈틈이 소금을 치고 나면 바로 욕조행. 그동안 엄마는 속을 채우기 위해 매운 손을 감내한다. 그러고 다시 절인 배추에 매운 속을 채우고 빨개진 배추를 보며 입맛이 돈 나는 입을 쩌억 벌려 댄다. 뚝딱하면 나오는 김치인 줄 알았지. 엄마는 손목도 아프면서 매년 그렇게 김장을 했다. 내가 비건을 지향하고 나서 엄마는 젓갈이 들어간 김치와 젓갈이 없는 김치, 두 종류를 만들기 시작했고 나는 김치를 천천히 조금 먹는 일이 효도라고 생각했다.

시간이 지나면서 엄마가 김장하는 일은 점점 줄어들었다. 김치통의 개수는 손목의 삐걱임과 비례해서 냉장고는 조금씩 비워졌다. 그 모습을 보고 나서야 나는 말했다. "엄마, 더는 김장하지 마⋯⋯. 김치야 사 먹으면 되지. 세상에 돈도 돌고, 엄마 손목도 지키고." 엄마 속을 많이도 썩여서 이제와 엄마를 위한답시고 하는 모든 말이 머쓱하다. 그동안 뭐했냐고. 그 꼴을 평생 봐 온 엄마는 언제 네가 나를 그렇게 생각했냐 하겠지. 뭐 그래도 할 수 없다. 어쨌든 이제 김치를 사 먹겠다고 선언했다. 엄마 부디 나를 버려⋯⋯.

오늘 처음으로 주문한 비건 김치가 도착했다. 김치를 좋아했다 안 좋아했다 좋아했다 하며 살았는데 요즘엔 '좋아한다' 상태이다. 김치를 푹 숙성시킨 후에 김치찜을 할 작정이기 때문이다. 아삭한 김치보다는 달달 볶은 김치라던가 물에 푹 익은 김치를 더 선호하는데 김치찜은 딱 그 중간의 맛이다. 요즘엔 육류를 대체할 콩고기가 많이 시판되고 있어서 김치 한 덩이 사이사이에 대체육을 얹어 주면 아주 근사하고 든든한 한 끼를 완성할 수 있다. 한식 양념장이야 뭐 비슷하지. 고춧가루 한 숟갈, 된장 한 숟갈, 김치가 너무 시큼하다면 설탕 한 숟갈과 다진 마늘 한 숟갈. 김치가 잠길 만큼의 물을 붓고 풀풀 끓이면 적당한 식감의 배추로 재탄생한다.

근데 시간이 좀 필요하다. 김치가 숙성될 시간. 김치의 숙성 정도에 따라 국물의 깊이가 달라지는데 과연 기다릴 수 있을까? 김치뽕 잔뜩 맞은 나는 지금 빨리빨리 한…….

◇

**내 인생을 망치러 온
나의 작은 덕질,
그 1라운드**

우리 집엔 텔레비전이 없다. 이렇게 말하면 매우 놀라는 사람들을 심심찮게 만난다. "아니, 집에 텔레비전이 없다고요? 왜요?" 집에 텔레비전은 없어도 나에겐 노트북이 있다. 그걸로 뭐든지 볼 수가 있다. 그렇다고 해서 월정액이 아깝지 않을 만큼 본전을 뽑는 타입은 아니다. 누군가는 밤새워 시즌을 섭렵하고 그 일에 에너지를 모아 사용하지만 나는 그럴 만한 체력과 집중력이 한참 모자라다. 두세 편 보고 나면 진이 빠져서 쉬어 줘야 하는 인간. 그런 특성은 덕질과도 관련이 있는 것일까?

내 주변엔 덕질에 빠져 있는 사람이 별로 없다. 나도 마찬가지다. 한 친구가 유일하게 뭔가를 집요하게 수집하고 사랑하는 사람인데 얼마 전엔 오래된 아파트를 덕질하고 있다고 했다. 집을 보러 다니다가 우연히 오래된 아파트를 보러 가게 되었고 그렇게 오래된 아파트에 빠졌다는 것이다. 그러니까 덕질이란 이렇게나 다양하다. 덕질은 사람을, 물건을 어떤 장소를 사랑하게 되는 일이다.

사랑이란 단어엔 여러 가지 함의가 담겨 있는데 상대방의 눈을 보며 "사랑해"라고 말하는 것과 동시에 커피를 마시며 "나 커피 사랑하잖아"라며 대수롭지 않게 던질 수도 있는 것. 그러니 연애할 때 하는 사랑과 덕질을 헷갈려서는 안 된다. 그렇게 된다면 오래된 아파트에 들어앉기 전까진 불행한 마음만이 한가득일 테니까. 내 곁에 꼭 있지 않아도 되는 것, 적당한 거리감을 유지하면서 사랑하는 마음 그것 하나로 충만해지는 것, 소중히 생각하고 아끼고 싶은 마음. 그러니까 내가 god를 좋아했던 마음…….

　　　나도 덕질이란 거 해 봤다. god를 좋아했다. 어느 날 갑자기 좋아졌다. 그래서 나는 god라는 단어를 키보드로 가장 빨리 칠 수 있는 능력을 얻었다. '행'이라고 치면 된다. 다섯이 옹기종기 모여 앉은 포스터를 뿌듯하게 모으고, 각각의 얼굴이 크게 담긴 배지를 사서 달았다. 그들이 용케 태어나 존재하는 것이 고마워서 5명의 생일에 맞춰 온갖 거리에 전단지를 붙여 댔다. (다음 날 수거했다.)

　　　학원 때문에 「god의 육아일기」를 못 보던 날에 엄마에게 비디오 녹음을 부탁한 적이 있다. "엄마는 집에서 노니?" 눈코 뜰 새 없이 바쁘던 엄마는 당연히 내 부탁을 까먹었고 나의 사춘기력은 2배가 되었다. 어느 날엔 박준형이 god를 탈퇴한다며 연 기자회견에 온 미디어가 떠들썩했다. 학교를 가느냐 마느냐 할 정도로 중대한 기로에 있었는데도 아랑곳하지 않던 엄마가 야속해서 눈물이 났다. '5-1은 0'이라는 슬로건을 내걸고선 박준형의 탈퇴를 반대하며 세상 사람들이 몽땅 god를 사랑하지 않는 것에 크게 항변했다. 엄마는 그런 나를 보며 매번 혀를 내둘렀다. 나 참.

그렇다고 내가 그들하고 소위 말해 연애 감정으로 사귀고 싶었는가 생각하면 그렇지는 않았던 것 같다. 물론 만나서 말 한번은 나눠 보고 싶었지. 그렇지만 딱 거기까지였고, 그들을 먼 곳에서 사랑하는 내 모습만으로도 충분히 만족스러웠다. 그들은 그 세상에서 잘살고 있으니까, 나는 그냥 좋아하련다. 그들과 나의 세상에서 교집합으로 묶인 건 하나도 없었지만 그땐 딱히 그런 게 중요하진 않았다.

이것이 내 인생 처음이자 마지막인 덕질의 기억이다. 훨씬 더 길고 촘촘한 세월이지만 그거 다 나열하다가는 이 책 god 책 된다. 그 사이 텔레비전 화질은 점점 더 좋아지고 사랑하는 대상을 조금 더 자세히 볼 수 있는 환경이 도래하였다. HD의 세상, 일상을 공유하고 생각을 기록할 수 있는 플랫폼의 세상. 보고 싶은 건 녹화해 두지 않아도 언제든 다시 돌려 볼 수 있는 세상. 하지만 그 이후론 누군가를 미친 듯 사랑했던 기억이 없다. 고화질의 누군갈 보며 때때로 열광하지만, 그때와 다른 지점은 그와 나의 교집합. 그것이 성립될 때 나는 비로소 사랑에 빠진다. 나는 「굿 걸」*에 열광했다.

　　　　　초록 머리를 휘날리며 그가 등장했다. 짧은 바지를 입고 깊게 파인 타이트한 옷을 걸친 채 엉덩이를 흔든다. 방송에 내보낼 수 없다고 판단된 단어와 표현이 난무하고 그 문장을 결단코 가려 내겠다는 의지의 삐— 처리는 비트 위에 또 다른 비트처럼 끝없이 깔린다. 그런 그를 멍하니 바라보고 있자니 별안간 웃음이 터지고 어느새 그의 흔적을 따라서 끝없이 거슬러 올라가는 언어가 됐다. 커다란 재킷으로 그를 덮을 새도 없이 나는 무방비로 그에게 노출되었다. '굿 걸'을 바라보고 있자니 지나온 시간이 문득 억울해지고, 그러자 비로소 신이 나는 것이었다. 무대를 누비는 그를 보다가 벌떡 일어섰다. 조심스레 뒤로 돌아 엉덩이를 살짝 빼고, 무릎을 굽히는데 벌써 두 다리가 떨려 온다. 부들부들 버티면서 끝까지 따라

---

*　2020년 5월 M.net에서 방영한 힙합 리얼리티 뮤직 쇼.

춰 보는 그의 트월킹. 엉덩이는 옴짝달싹 내 맘대로 안 움직여도 움직이려는 의지는 내 마음대로다. 내 인생을 망치러 온 나의 작은 덕질.

◇

실

나는 연기를 하는 사람이다. 2013년에 뮤직비디오로 데뷔해서 지금까지 이렇게 저렇게 연기를 하고 있다. 지금은 연기하는 시간보다 글을 쓰거나 다른 걸 편집한다거나 하는 일을 더 많이 하고 있지만 어쨌든 나는 연기도 하는 사람이라고 생각하며 살고 있다. 그것이 벌써 10년쯤 되었으니 새삼 그 시간이 길고도 짧다. 일을 시작할 수 있었던 데에는 운이 좋았다고 생각한다. 바늘구멍에 실을 꽂는 일은 똑같이 침을 묻히더라도 운이 따라야 하는 일이니까. 실같이 마른 점이

유리했을지도 모를 일이다.

　　　　여자 연예인들은 사회 보편적인 기준에서 보통 말
랐다. 안 마른 주인공을 본 적이 별로 없었던 건 이상하리만
치 몽땅 말랐기 때문인가, 아니면 바늘구멍이 애초에 그렇게
생겨 먹었기 때문일까. 안 말랐다가도 바늘구멍을 통과하고
나면 죄다 말라지는 걸 보니 아무래도 그 구멍에는 좀 문제가
있다. 아무튼, 나도 그 작은 구멍을 용케 빠져나와서는 인터뷰
를 많이 했다. 비교적 옛날에 했던 인터뷰는 도저히 다시 볼
자신이 없는데 거기엔 아무런 필터 없이 마구 뱉어 놓은 말이
한몫을 단단히 한다. 그러니까 그때엔 '섹시하다'라는 말을 그
렇게나 많이 했다.

　　　　정확한 정황을 얘기하자면 "매력 포인트가 뭐예
요?" 따위의 질문에 "음, 저는 알고 보면 섹시해요. 호호호"라
고 대답하곤 했다. 농담인 마냥 뒤에 웃음을 꼭 붙였지만 사
실 섹시해 보이길 원하기도 했다. 이상형이 뭐냐는 질문에도
비슷하게 대답했다. "섹시한 사람이 좋습니다." 그 말이 뭐가

문제냐 싶기도 하겠지만, 그것이 나에겐 '부족함을 가리기 위한' 어필이었기 때문에, 나에게 따라붙던 놀림을 상쇄하기 위한 하나의 방법이었기 때문에. '알고 보면'이라는 말 뒤에 '안 그렇게 보이지만'이 숨어 있었다는 것이 못 견딜 지점이다. 얼어 죽을 섹시다. 그 '섹시'라는 단어가 품고 있는 실체는 사회에서 규정하는 여성성의 수행이란 것을, 가슴이 풍만하고 엉덩이가 탱탱한, 그러니까 얼어 죽을.

　　　나는 말랐다. 뼈 자체가 작아서 몸집이 조그맣다. 마른 만큼 가슴도 작다, 라기보단 없다. 그래서 예상하듯 어렸을 적부터 내 별명 중 하나는 껌딱지였다. 종종 학교 복도에서 빨리 뛰다가 주임 선생님에게 잡히는 일은 바닥에 붙은 내 가슴을 떼어 내는 벌로 이어졌다. 복도든 길가든 어디에든 처량하게 붙어 있는 껌딱지가 너무 싫었는데 그 분노는 껌을 향했다가 껌을 뱉은 새끼에게 향했다가 결국엔 나에게로 돌아왔다. 분노는 원인이 제거되면 사라지기도 하지만 그렇지 못할 땐 어떤 과정을 거치면서 제 모습을 바꾼다. 콤플렉스라는 이름으로.

사회의 시선은 콤플렉스의 심연에 종종 음침함을 심어 놓곤 하는데 이를테면 이런 것이다. 친구들 앞에선 그 모습을 받아들이는 양 굴다가 집에 와서는 가슴이 커지는 쿠키를 먹는다거나, 내 가슴이 어때서, 외치다가도 가슴이 커지는 쿠키를 먹는다거나. 맞다. 가슴이 커진다는 쿠키를 먹은 적이 있다. 가슴 커지는 쿠키가 뭐냐 하면, 말 그대로 가슴이 커진다는 쿠키다. 에스트로겐, 일명 '여성호르몬'이 들어 있어 가슴이 커지는 데에 도움이 된다는 것이었다. 너무 예전이라 기억이 가물가물한데 아마 일본에서 건너온 것으로 기억한다. 그걸 그때 어떻게 구했는지, 어쨌든 어떻게 구해서 그걸 먹었다. 부푼 기대감으로 한 통을 다 먹었을 무렵, 어느 날 밤에 알 수 없는 공포와 불안에 시달리며 엉엉 울다가 결국엔 엄마 방으로 기어들어 가서 잤던 기억이 난다. 무슨 우연의 일치인지 바로 다음 날에 기사가 하나 났다. '가슴 커지는 쿠키. 큰일 날지도 몰라요.'

그때 깨달았다. 가슴이 작은 일은 결국 건강을 버리거나 돈을 많이 쓰게 되는 일이란 것을. F컵 쿠키나 딸기 우유 100개, 가슴이 커지는 온갖 기계와 마사지 크림 그리고 물 방울 모양의 실리콘 가격. 커다란 뽕이 달린 브래지어는 자존심이 되기도 전에 숨이 벅차다.

　　　　어떤 감독과의 술자리에서였다. 그 감독은 새 작품을 준비하고 있다고 했다. 노출이 (쓸데없이) 있는 작품이었음에도 비교적 큰 영화였기 때문에 당시 그 역할을 맡고 싶다고 생각했다. 그러자 감독은 내 가슴이 작은 것에 대해 크게 걱정하기 시작했고 나는 "가슴은 없어도 엉덩이는 있는 편이어서 괜찮지 않을까요?" 하고 되물었다. 그 말을 들은 감독은 아무래도 그걸로는 부족하다고 생각했는지 단시간에 가슴을 키울 수 있는 시술에 대해 본격적으로 고민하기 시작했다. 제 턱을 쓸어내리며 나의 몸이 제 몸인 양 생각에 잠긴 감독을 보면서 내가 어떤 표정을 지었더라. 깊은 곳에서 꿈틀거리던 불쾌감이 무엇인지, 알지 못했고 알 수도 없었으니 뭐, 그냥 웃었던 것 같다. 그곳은 대낮의 뒤풀이 자리였고 그 자리는 악연의 시작이었으나 나는 감독의 이름 한 글자도 꺼내지 못하겠지.

우리는 마른 여성을 선호하는 세상에 살고 있다. 어린이였을 땐 먹어도 먹어도 찌지 않는 것이 집안의 걱정거리였을지 몰라도 '여자'가 되고 난 뒤부턴 커다란 자랑거리가 된다. 하지만 세상은 그렇게 호락호락하지 않다. 진정한 자랑거리가 되기 위해선 마름에도 불구하고 적당히 볼륨 있는 가슴과 골반을 함께 지녀야 한다는 지점, 그것은 끝이 없는 레이스여서 시작했다면 쉽사리 멈출 수가 없다.

아무리 생각해도 영 이상하다. 가슴은 분명히 내 몸에 달려 있고, 내 몸은 내가 필요할 때 사용하는데 그걸 통제하려 드는 건 내가 아니라는 점에서. 허리 뒤에 망한 문신은 내 눈에 잘 안 띄어서 자주 까먹는데도 바라보는 자에 의해 꾸준히 문신이 망했음을 인지한다. 그러니까 안 망했다고, 그 옆에 문신은 그래도 괜찮지 않냐며 계속 악을 쓰며 항변했다. 보통 어려운 일이 아니다. 그러니 이만 그만둘까 보다. 네가 내 몸을 멋대로 규정짓는 꼴도, 그래서 내 어깨가 자꾸만 휘어지는 것도 이제 더는 못 보겠다. 안녕.

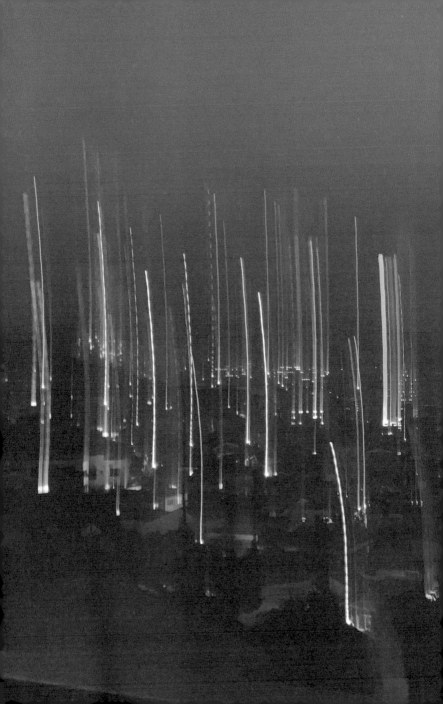

◇

**고양이: 땅이와
모르는 개**

느타리와 나에게 작업실이 생겼다. 일을 몇 개 같이하다 보니 작업실이 있으면 편하겠다는 생각에서였다. '코로나로 카페 가는 것도 시원찮고 찜찜하니까 뭐라도 있으면 좋지 않겠어?' 싶은 마음으로 계약을 했다. 우리는 이곳에서 글을 쓰고 같이 일을 하다가 갑자기 또 다른 일을 벌이고 싶어졌다. 벌이고 말 것이 아니고 정말 끝까지 책임져야 하는 일. "느타리, 우리 임시 보호할래?"

임시 보호에 관한 생각은 오래전부터 가지고 있었다. 하지만 선뜻 결정이 쉽지 않았던 건 우리 집에 있는 13살짜리 노묘 슈짱과 이미 보호 중인 고양이가 하나 있었기 때문이다. 그렇게 죽어 가는 아이들을 못 본 척하며 죄책감만 짊어지고 있다가 어느 날 문득 그럴듯한 작전이 떠올랐다. "작업실에서 임시 보호하면 되잖아!" 느타리는 말했다. "잠은 내 방에서 재울게." 우리의 장점은 행동력이 있다는 점이다. 당장에 유기 동물들을 한눈에 볼 수 있는 어플을 켰다. 상황을 핑계 대며 눈 감았던 현실들이 펼쳐졌다. 왜 이렇게 버려진 개가 많은 걸까. 고양이들은 그렇게 아프면서 어째서 도망갈 힘도 없을 때야 잡혀 주는 거지. 공고가 끝나고 나서도 입양이 되지 못한 아이들과 죽기 직전 붙잡혀서 살아남지 못한 아이들 옆에는 국화꽃 그림이 박혀 있었다.

우리 집 셋째 고양이 이름은 '땅'이다. 2살 남짓한 이 아이는 광주광역시에서 왔다. 셋째를 들이고 싶어서 전전긍긍하던 때에 왜인지 술을 잔뜩 먹고 들어와서는 SNS를 켰고 그때 사람들의 공유를 통해 내 피드에 뜬 아이가 바로 땅이었다. '주하'라는 이름으로 동물병원에서 입양을 기다리고 있던 애. 입양 전의 주하는 여러 인연으로 친구가 된 나검이 돌보고 있었다. 주하는 처음 발견되었을 때 감기에 걸려 상태가 아주 안 좋은 상황이었다. 나검은 그런 주하를 구조하려 애썼지만 몇 번이나 실패했다. 고양이는 보통 구조가 되어도 대부분 죽고 마는데 야생의 고양이는 잘 잡히지 않아서 잡히는 순간엔 이미 손을 쓸 수 없는 경우가 많기 때문이라고 한다. 태어난 지 얼마 되지 않아 면역력이 없던 주하 역시 아픈 몸을 끌고 끝까지 도망쳤다. 결국엔 움직이지도 못할 상황까지 되었을 때, 그러니까 죽기 직전에 가까스로 구조되었는데 죽어 가던 주하를 지나가던 학생들이 발견한 것이었다. 도망갈 힘도 없던 주하는 그제야 순순히 잡혀 주었다. 그런 주하를 학생들은 빈 상자에 넣어 동물병원 앞에 놓아두었고 주하를 찾던 나검이 그 상자를 발견하곤 사비를 털어 가며 지극정성으로 주하를 살려 냈다.

우여곡절 끝에 개가 우리 집에 왔다. 이름은 '땅'이 되었다. 땅처럼 단단하게 자라라고 지어 준 이름인데 정말 단

단하고…… 땅에 드러누워 있는 걸 유독 좋아하니 이름 하나
는 잘 지었다고 생각한다. 어렸을 적부터 주구장창 고생을 해
서일까. 처음 집에 와서는 어리광도 없었다. 태어난 지 반년도
안 된 애가 병원에 갈 때도, 중성화 수술과 탈장 수술, 감기로
잃은 오른쪽 눈을 재수술할 때도 엄살 한번 부리지 않았다.
실밥을 풀던 날에도 반항 없이 몸을 맡기던 땅이를 보곤 병원
에서는 이런 고양이를 본 적이 없다며 칭찬했지만 나는 "제발
엄살 좀 부려 봐" 하며 애가 탔다. 그러곤 몇 달 뒤, 어디서 다
쳤는지 땅이 입 옆에서 작은 상처를 발견했다. 나는 기절할 뻔
했다. 뭐 하다 다친 거야! 애를 들쳐 업고 병원에 갔다. 그런데
웬걸. 그렇게 어리광 없던 애가 난리가 난 것이다. 지를 어디
로 데려가냐며 가기 싫다면서 울고불고 난리가 난 땅이를 보
니 미안한데 슬쩍 웃음이 났다. 이제 좀 믿음이 생겼어?

　　　　　　그렇게 모르는 개가 왔다. 정말로 모르는 개가 들
어앉았다. 3~4개월로 추정되는 아이는 한 동물병원에서 안
락사를 앞두고 있었다. 경북에 있던 애를 데려오기 위해 짐을
싸고서 바로 출발했다. 하루 만에 경상도를 왕복하는 건 여러

모로 힘들 것 같으니까 일박하고 오면 되겠다 싶어서 외박할 짐들도 챙겼다. 5시간에 걸쳐 경주의 동물병원에 도착했고 데스크에 있던 간호사가 우리를 강아지가 있는 곳으로 안내하며 말했다. "애가 물어요." ……네? 공고문에 '까칠함'이라고 적혀 있긴 했지만 무는지는 몰랐는데요. 아니, 그런 건 미리 말을 해 줬어야 마음의 준비를 하지 생각하며 간호사가 안내하는 곳으로 향했다.

깨끗한 대리석 바닥을 지나서 아이가 있다는 문을 열자 퀴퀴한 냄새가 코를 찔렀다. 바닥이 뚫려 있어서 다리가 푹푹 빠지는 뜬장 안에서 담요 하나 없이 어린 개가 웅크리고 앉아 있었다. 예민할 대로 예민해진 아이는 우리를 보자마자 낮게 으르렁대더니 사납게 짖기 시작했다. 이 환경은 뭐지. 뜬장 위에 저렇게 떠 있으면 안 물던 개도 물겠는데. 의사는 그렇게 '사나운' 개라서 우리가 데려가지 않을 것이라 짐작했던 것 같다. 불친절하게 툭툭 말을 뱉던 의사는 우리가 입양 서류를 작성하자 그제야 웃으며 정보를 전달해 주기 시작했다. 어떤 경위로 이곳에 왔는지 정확히 알 수 없는 상태였으나 확실한 것은 인간에 대한 경계가 심해서 손을 댈 수 없는 상태라는 것이었다. 의사는 강아지를 케이지로 옮기기 위해 가죽 장갑 두 겹을 끼고서 아이의 목덜미를 들어 올렸다. 손을 뻗자마자 찢어지는 소리를 내며 자지러지는 강아지를 보고 사실 조금 걱정했다. 입질 있는 강아지. 입양 보내기까지 시간이 조금 걸리겠다. 어쨌든 그런 애를 데리고 일단 작업실로 왔다. 하룻밤 자고 오려던 계획은 무산되었다. 왕복 10시간에 걸친 대장정을 잊게 만든 걱정은 얘 어떻게 만지냐, 검진하고 접종 해야 하는데, 따위의 것이었다.

　　　　이젠 작업실에 출근하면 강아지가 있다. 평생을 고양이랑 지냈어도 얘가 낯설지 않았던 건 낯가림과 소심함의 수준이 거의 고양이급이었기 때문이다. 간식을 주려고 손을 뻗는 것을 제일 무서워하는 걸 보니 인간 손에 대한 트라우마가 있는 듯해 보였다. 손이 무섭지 않다는 걸 알려 주려면 강아지에겐 역시 간식이 최고라고 해서 간식을 잔뜩 주었다. 첫날 조막만 한 똥 한 개를 싸던 강아지는 이제 주먹만 한 똥을 5번 싼다. 공중에서 위태롭게 떠 있던 강아지가 땅을 딛고 서

더니 조금씩 안정을 찾아갔다. 그렇게 하루가 지나고 나니까 다리에 붙어 있던 꼬리가 하늘로 솟더니 우리의 손을 믿어 주기 시작했고 고작 4일, 4일째 되던 날엔 품에 안겨 주었다. 이 강아지의 이름은 '사라'다. 친구 인영이 임시 보호하던 갓 태어난 강아지의 이름을 따왔다. 죽기 직전의 그 꼬물이의 이름은 '살아남아'의 사라. 그리고 얘 이름은 '살아남았어'의 사라. 이제 좀 믿음이 생겼어? 오늘은 목욕하러 집으로 간다.

멍

이상하다. 이상해……. 왜 이렇게 피곤하지?

　　이상하리만치 피곤했다. 몇 달 전부터 계속된 피로였다. 똑같이 술을 먹어도 금세 취하고 조금 더 마시면 토를 하길래 (매우) 슬퍼하며 친구에게 말했다. "나 이제 술 못 먹, 아니, 발효주가 안 맞나 벼……. 그러니까 소주를 마셔야겠어. 파이팅." 하지만 뭘 마셔도 안 받는 건 매한가지였다. 이제 진짜로 운동을 해야 할 때가 왔구나 싶어서 공갈 팔굽혀펴

기[*]를 다시 시작했다.

    이전에도 피곤할 때면 종종 운동을 시도하곤 했다. 제대로 했던 운동은 거의 없지만 그래도 날 위해서 뭔가를 하고 있다는 위안 정도로써. 어쨌든 간에 그때엔 아무리 그래도 20개씩 3세트는 거뜬히 해냈는데 10개를 부들거리며 못 하길래 내 몸이 결국 나를 버렸구나 싶었다. 심지어 그 계단 몇 개 없는 우리 집까지 걸어 올라오는 것이 너무 힘들어서 왜 나는 하필 3층에 사는 바람에 이렇게 힘든 걸까 원망하며 기었다. 그냥 잠만 자고 싶었다.

    피로는 점점 심해져서 극에 달하게 되었는데 그 시점은 3일 동안 낮과 밤을 뒤집어서 찍었던 단편영화 촬영이 끝난 후였다. 일상생활이 어려울 정도로 피곤이 온몸에 달려 있었다. 하룻밤 새면 이틀은 죽는다고 누가 그랬는데. 그래. 그렇다면 곱절에다가 넉넉하게 하루 더 잡아 일주일을 푹 쉬

---

[*]   대충하는 팔굽혀펴기를 의미함.

자 했다. 하지만 상태는 점점 나아질 기미가 없이 안 좋아졌고 '피곤하다'를 넘어선 증상이 나타나기 시작했다. 이를테면 몸 여기저기가 이유 없이 간지럽다든가, 안 더운데도 식은땀이 난다든가, 심장이 빨리 뛴다든가. 그중 가장 이상했던 건 엉덩이 양쪽에 시퍼렇게 생긴 멍이었다. 순간 얼마 전 촬영 현장에서 엉덩이에 발꿈치를 대고 쪼그려 앉는 장면을 찍었던 기억이 났다. 혈관이 터진 듯 시퍼렇게 난 멍의 위치는 발꿈치가 닿는 딱 그곳이었다. 이건 뭐여! 덜컥 겁이 났고 그 바람에 입에서는 욕이 흘러나왔는데 그와 동시에 나는 저 먼 기억 속으로……

　　　유년 시절 선생님이라는 존재와 가까웠던 기억이 별로 없다. 중학교 1학년 때였던가. 당시 내가 다니던 학원의 원장은 특히 무서운 존재였다. 원장은 항상 넓이 5센티미터, 폭 2센티미터 정도 되는 납작한 몽둥이를 들고 다녔다. 그 몽둥이는 사포질이 되어 있지 않아 나무를 갓 베 온 듯 거칠었으나 손잡이 부분만큼은 하얀색 마스킹테이프로 칭칭 감겨 있어서 몰래 만져 보고 싶을 정도로 반질거렸다. 저런 건 어

디서 난 걸까. 주웠나……. 주우면서 애들을 이걸로 '훈육'하면 딱이겠구나 싶었을까. 설마 그런 목적으로 저런 걸 샀을리는 없을 테니까 그렇다면 역시 길 가다가 주웠구나. 그나저나 저 돌돌 말린 테이프를 보니 본인 손에 박히는 가시는 아픈가 보다. 이러쿵저러쿵 궁금한 게 많았는데 아직도 제일 궁금한 것은 그 몽둥이는 아직도 당신 집 어딘가에 있나요?

어쨌든 그 몽둥이는 나를 주눅 들게 했다. 생각해보면 원장이 아니라 그 몽둥이가 무서웠을지도. 지금에서야하는 말이지마는 내 머리를 내리치던 생활기록부가, 내 뺨을날리던 그 커다란 손바닥이, 내 긴 머리카락을 움켜쥐고 가차없이 잘라 버리던 가위를 쥔 손이 무서웠다. 스승의 은혜가어딜 봐서 하늘 같다는 거야? 늘 의문이었다.

이해가 안 가는 와중에 나는 같은 학원에 다니는 A라는 애를 좋아하고 있었는데 하필 걔는 나를 안 좋아했다. 삐뚤어질 준비가 완벽하게 된 것이다. 속에선 태풍이 몰아치는데 착하고 얌전하다며 칭찬하는 눈치 없는 어른들이 문제였다. 그 말이 지긋지긋하게도 싫어서 불량해져야겠다 싶었다. 어떻게 하면 그렇게 보일 수 있을까. 어떻게 하면 그들이 화가 나지? 그야말로 태풍 전야……. 마땅히 반항할 방법을 찾지 못하던 나와 친구는 학원을 빠져나와 오락실로 직행했다. 그러고는 미친 듯이 디디알 위를 뛰었다. 내가 날아다니고 있을 때 엄마는 늦도록 들어오지 않는 애를 찾기 위해 학원에 전화를 걸며 손가락을 날렸을까. 날면서 직감했다. 내일 맞겠구나. 슬쩍 웃음이 흘러나왔다.

그리고 다음 날 맞았다. 칠판 앞에 손을 얹고 뒤돌아 엉덩이를 철썩철썩 맞으면서도 왠지 모르게 기분이 좋았다. 그건 A가 나를 안쓰럽게 보고 있었기 때문이었나, 엄마에게 욕을 한 바가지 들었는지 단단히 화가 난 원장의 표정 때문이었나. 모르긴 몰라도 매 모양대로 들어맞았던 멍은 며칠을 갔다. 그런 멍이었다.

우스꽝스러운 자세로 엉덩이에 생긴 멍을 한참이나 들여다봤다. 그래, 부딪치면 멍이 들지. 억울한 건 책상 모서리는 멀쩡하다는 점이다. 책상 모서리를 빼고서 멍은 어디에든 난다. 엉덩이에도 다리에도 팔에도 마음에도. 멍을 보면 늘 의아하다. 예나 지금이나 그래. 왜 나를 때리냐. 가만히 있는데. 아, 더 가만히 있으라고? 시간이 지날수록 세지는 주먹질 때문에 멍 마를 날이 없다. 그래서 그런가. 진료실에도 내 옆에도 멍 많은 친구가 늘어난다. 누구에게나 주먹이 있지만, 우리 주먹은 꼭 다른 데 쓰자.[*] 조금 억울하지만 그럴 때 술 먹자.

"갑상선기능항진증입니다."

"……네? 제가요?"

"간 수치도 너무 높게 나왔네요."

"……네? 정말요……?"

술을 많이 먹긴 했지. 잠을 불규칙하게 자기는 했지. 운동…… 잘 안 하긴 했는데, 다 이유가 있다고요. 조금 억

---

[*] 신승은 노래 〈하하하하〉에서 인용.

울해서 속으로 항변했다. 일단 잠이 잘 안 오고요, 아니, 속 편하게 잠이 오겠냐고요. 술이요? 술 먹으면 아무래도 좀 긴장이 풀어지니까요. 아, 끊기는 좀 곤란할 것 같은데……. 넵넵. 운동은 틈내서 꼭 하겠습니다.

◇

나는 오른손
새끼손가락이 짧다

나는 오른쪽 새끼손가락이 짧다. 새끼손가락만 그렇다. 어느 정도로 짧으냐면 5센티미터가 채 되지 않는 길이여서 네 번째 손가락의 절반에도 미치지 않는다. 짧은 손가락이 어렸을 적엔 여러모로 불편하다고 느껴졌다. 손가락이 짧은 만큼 힘도 없어서 주먹을 꼭 쥐기가 어려웠고 그래서 아쟁을 전공했던 때에는 새끼손가락이 활대에 영 감아지지 않는 것에 짜증이 났다. 새끼손가락이 엄지나 검지, 중지, 약지에 비해 별 볼 일 없는 것 같지만 사실 엄청난 기능을 하고 있다는 것을 활대를 휘감을 때 깨달았다. 피아노를 칠 때는 도에서 한 피치 높은 도까지 닿지 않아서 엄지와 약지를 사용했다.

단소나 리코더를 부는 수업이 있을 때는 특히 불편했다. 그중에서도 단소를 더 싫어했다. 가뜩이나 입술을 옹─하고선 소리를 내야 하는 것도 뻐근하고 어지러워 죽겠는데 맨 밑의 구멍도 막을 수가 없으니 제대로 된 음정은커녕 쇳소리가 나기 일쑤였다. 그래도 리코더가 단소보다야 좀 더 나았다. 맨 밑의 구멍을 요리조리 움직일 수 있게 만들어 놓았기 때문이다. 최대한 왼쪽으로 돌리면 새끼손가락이 충분히 끝까지 닿았으니까. 초등학교 2학년 때쯤이었나, 〈개구리 왕눈이〉 OST를 리코더로 불고 다니기 시작했다.

당시 우리 집에서 초등학교로 가는 길목엔 아파트 단지 하나가 있었다. 그냥 평범한 아파트 단지인 줄 알았다. 이게 무슨 말이냐 하면 어느 날 내가 단지 안에 숨겨져 있던 공원을 발견한 것이었다. 아파트 초입에서 조금만 옆으로 빠지면 긴 벤치 2개가 덩그러니 놓여 있는 조그만 공원이 하나 있었고 벤치와 벤치 사이에는 커다란 나무가 한 그루 심어져 있었다. 집과 학교 말고, 다른 세상을 창조한 듯한 기쁨이었다. 틈 없이 쏟아지던 햇빛이 나무 잎사귀에 쪼개져 바닥을 비추었고 그 덕에 덜 더웠으니까 오며 가며 들르기에 부담 없는 장소로 느껴졌다.

그곳을 처음 발견한 날, 벤치에 앉아서 눈앞의 나무를 바라보았다. 문득 주섬주섬 가방을 뒤져서 먹던 물을 꺼냈다. 그 물을 나무와 나누었다. 왜인지 기분이 좋아져서 이 나무를 내 나무라고 생각하고 싶어졌다. 매일매일 와서 물을 줄게. 그러곤 한술 더 떠서 리코더를 꺼냈다. 〈개구리 왕눈이〉를 부르기 시작한 것이다. 지금 생각하면 좀 이상한데 그때는 진심으로 이 나무가 리코더 소리를 듣고 있다고 생각했다. 그래서 약속했다. 매일 와서 물을 줄게. 다음 날에, 그다음 날에도 그곳에 갔다.

그 약속을 언제까지 지켰는지는 기억나지 않는다. 십몇 년이 지나고 어쩌다 옛 동네에 가게 되었을 때 그 공원

을 찾아보려고 했지만 실패했다. 그 평범한 아파트 단지는 정말 평범하리만치 그대로였는데도 딱 그 공원만 없어진 것이었다. 없어진 건지 못 찾는 건지는 모르겠지만. 꿈인가? 어렸을 때 벽돌을 맞고 기절한 줄로만 알았던 일이 사실은 조약돌을 맞고 놀라서 울었던 것이라는 아빠의 증언처럼 기억은 부풀려지고 왜곡되곤 하니까. 그런 건가.

어찌 됐든 내 기억 속 조약돌은 여전히 벽돌 그대로고, 그 나무는 똑같이 그곳에 있다. 그때는 몸이 다 짧았으니까 새끼손가락이 짧은 줄도 모르고 약속을 했다. 키가 쑥쑥 자라니 팔다리가 길어졌고 손가락이 길어지니까 내 새끼손가락이 남들보다 짧다는 걸 알게 되었다. 그 짧은 새끼손가락으로 수많은 약속을 하고 수없이 약속을 어겼다. 두꺼운 엄지로 미래를 기대했더라면, 중지를 욕으로 쓰는 대신에 무언갈 휘감아 어떤 것을 희망했더라면 그 많던 약속들이 조금은 더 튼튼했을까.

미래라는 것은 절대 미리 알 도리가 없다는 점에서

막연하게 두렵다. 6천 년에 걸쳐 통계를 만들어 내는 끈기는 눈에 보이지 않는 일에 대한 두려움 내지는 호기심, 내년에는 괜찮을 거라는 희망이겠지. 그러니까 사람들이 점성술을, 신점을, 사주를…… 그래. 희망이 없으면 도저히 살 수가 없는 것이다. 그래서 우리는 매번 어떤 약속을 한다. 미래를 확신하는 희망과 그 희망이 지켜질 것이라는 희망의 합체는 희뿌옇던 내일을 믿을 수 없을 만치 또렷하게 만든다. 그리고 그 약속들은 가끔 너무 잔인하다. 다시는 그런 허황 따위 믿지 말아야지 다짐을 해도 안개 속에서 누군가 쑥 내미는 그 손가락을 쉽게 외면할 수가 없다. 그것은 사과를 냅다 먹어 치운 인간의 업보인 걸까. 한 치 앞도 보이지 않아서 한없이 허우적거리다가도 그 손가락, 자그만 새끼손가락, 그게 뭐라고 그 하나에 그런 힘이 있다.

내 새끼손가락은 네 번째 손가락 절반에도 미치지 않을 만큼 짧다. 그래서 굵은 활대에 새끼손가락이 영 감기지 않아 매번 성질이 났다. 주먹을 쥐었다 폈다 반복하며 손가락의 감각을 의식했다. 허공을 떠돌던 새끼손가락이 활대에 감기던 그 순간을 또렷이 기억한다. 힘없이 빌빌거리던 아쟁 소리가 조금은 커졌더랬지. 그랬었다.

◇

이별하기

어느 순간 나타났던 모르는 개가 간다. 사라가 간다. 새 가족과 산책을 떠나는 뒷모습을 보면서 잘 살라는 말을 수없이 반복하며 집으로 돌아왔다. 사라가 하숙했던 방엔 또 다른 개가 잠시 들르겠지. 몇 평 남짓 되지도 않는, 사라 없는 방이 너무 커다래서 며칠간 그곳을 떠다녔다.

고양이 셋과 살고 있어서 개와 교류가 그렇게 많지는 않았다. 옆집과 아랫집 친구가 개를 키우기 때문에 마주칠 일이 많았어도 그 만남 역시 잠시 스칠 뿐이어서 개를 어떻게 대해야 할지 잘 몰랐다. 고양이마다 다르겠지만 우리 집 고양이들은 늘 약간의 거리를 둔다. 지네들 기분이 좋으면 내 곁으로 와서 만지라며 비벼 대기도 하지만 그 순간도 잠깐이며 이쁨의 완급 조절은 항상 내 몫이다. 너무 과하게 애정을 표현하면 부담스러워하거나 귀찮아하며 금세 자리를 떠 버리기 때문이다. 그런 노력에도 본인들이 만족할 만큼의 적당한 관심을 받고 나서는 다시 볕 좋은 창가 자리로 가 버리기 일쑤였다. 그런 바람에 고양이 셋과 지내면서도 각자의 사정으로 하숙집에 모여든 모습으로 혼자 할 일을 하며 보내는 시간이 많았다.

평화롭고 고요한 나날들, 그것에 10년이 넘게 익숙해졌을 무렵 강아지가 처음으로 우리 집에 온 것이었다. 강아지와 지낸다는 건 영원히 크지 않는 아이를 키우는 것이라던 누군가의 말이 조금 실감이 났다. 일단 일찍 눈이 떠진다는 것……. 자율급식이 가능한 고양이와 달리 강아지 밥을 매끼 챙겨야 하는 건 내가 잠을 덜 자야 한다는 말과 같았다. 평균

9시간의 수면 시간을 반드시 채워야 했던 나는 집에 개가 온 뒤로 몇 시에 자던 9시면 눈이 떠졌다. 어린 개는 식탐이 많아서 밥을 채워 주자마자 코를 박고 먹어 댔는데 도통 사료 씹는 소리가 나질 않아서 얘는 정작 필요할 때는 이빨을 안 쓰네 생각했다. 사라는 태어난 지 4개월 정도 된 걸로 추정됐고 한참 이갈이를 시작하는 시기였기 때문에 많은 걸 갉아먹었다. 의자 다리와 장판 껍데기, 제 오줌이 잔뜩 묻은 배변 패드까지. 하지만 정작 밥만큼은 그냥 삼켰다. 웃긴 녀석…….

그러곤 똥을 싸기 위한 산책을 했다. 고양이는 집에 인공 모래를 깔아 주고 그 위에 똥을 싼 후 모래를 덮는데 개는 보통 밖에서 똥을 싼다. 개를 키우는 친구들은 '똥책'이라는 말을 많이 썼고 나도 슬쩍 그 단어를 사용하기 시작했다. 사라야 똥책 가자. 사라는 여러 가지 사정으로 접종을 늦게 시작하는 바람에 풀과 꽃향기를 마음껏 맡지는 못했지만 그래도 건물만 가득 쌓인 아스팔트 위를 잘도 걸었다. 그리고 똥을 싸고 쉬를 하고 금세 집을 기억하곤 앞장서서 발걸음을 재촉했다.

모든 개는 다 예쁘지만 사라도 예쁜 강아지였다. 회색 털과 까만 털이 오묘하게 섞여 있는 까만 코의 사라는 입양 문의가 많이 들어온 편이었다. 평소 임시 보호를 많이 하는 친구는 입양 문의가 이렇게 많이 들어오는 경우를 잘 보지 못했다며 부러워하면서 선택도 어렵겠다며 되려 걱정을 해 주었다. 입양 갈 선택지가 많아서 그걸 고민하는 게 당연히 나은 일인데도. 펫샵 따위가 사라지고 유기견 입양 문화가 당연해지면 좋겠다고 생각했다. 우리는 입양 문의를 해 오는 분들에게 양식을 전달했고 다시 정성스럽게 보내 온 글을 살펴보며 그중 몇 분을 만나 보았다. 오는 분마다 사라 간식을 바리바리 챙겨와 주셨는데 덕분에 사라는 가족을 찾아가는 그날까지 배부르게 먹을 수 있었지. 감사하다. 어쨌든 사라는 그분들이 사 온 간식을 영문 모른 채 다 받아먹고 그중 어떤 한 가족에게 갔다. 10살짜리 아이가 있는 집에 그 아이의 동생으로 호적을 올리게 된 것이다. 그 아이와 함께 커가는 사라의 모습을 상상하다가 눈물이 찔끔 나고 말았는데 그 눈물이 며칠을 갈 줄은 나도 몰랐던 일이었다.

함께 임시 보호를 했던 느타리와 사라를 집에 데려다주고서 돌아오는 길에 나는 맞아, 이별은 이렇게 슬픈 일이지 하는 사실을 새삼스럽게 깨달았다. 상대와 눈을 맞추며 시간을 보내고 한 공간을 공유할 때의 친밀함은 그 상대가 사라졌을 때 비로소 완벽히 와닿는 것이다. 느타리와 훌쩍거리며 말했다. 우리 왜 이 짓을 사서 하냐, 헤어지는 일이 힘들어서라도 못 할 짓인 것만 같다고. 하지만 우리는 또 다른 이별을 하게 되겠지? 할 수만 있다면 계속해서 해야 하는 일이니까.

돌아오는 길은 느리고 멀었다. 개가 없는 차 안에서는 담배를 태울 수 있었다.

◇

**중학교 때까지
산타를 기다린 너**

지겹지만 여전히 코로나 시대. 땅과 하늘이 꽉 막히고 비행기를 못 탄 지 2년이 다 되었다. 마지막 여행지는 일본이었다. 신승은 감독이 연출하고 내가 출연한 단편영화 「마더 인 로」가 일본 쇼트쇼츠 영화제에 초청되어 겸사겸사 떠난 여행이었다. 그전에 갔던 여행지는 홍콩, 그리고 그전엔 미국, 그전엔 또 일본. 그렇게 비행기를 몇 번 탔다. 비행기가 떠오를 때, 땅과 내 엉덩이 사이가 텅 비는 그 공허함은 몇 번을 경험해도 매번 낯설다. 그와 비슷한 느낌은 일상에서도 종종 받

곤 하는데 초고층 빌딩의 초고속 엘리베이터 안에서라든가, 바이킹이 정점을 찍고 낙하할 때, 자동차를 타고 달리다가 한 남동에서 강변북로로 빠지는 고가 위를 숭— 하며 올라탈 때. 그럴 때면 그 동력을 받아 그대로 날아오를 수 있을 것만 같 다. 나는 날고 싶은 인간이지만 땅 위에 붙어 있을 수밖에 없 어서 비행기의 몸을 빌려 떠오르고 나면 창문 밖으로 보이는 구름에 정신을 못 차리겠다.

어렸을 적 엄마랑 아빠는 나에게 여러 가지 거짓말 을 했다. 첫 번째는 구름이 만들어진다는 것. 두 번째는 산타 할아버지의 존재였다. 아빠가 운전하는 차를 타고 어딘가를 가던 중이었다. 바깥을 바라보다 아빠에게 물었다. "구름은 어떻게 만들어?" 아빠는 말했다. "구름 공장에서 만든다." 하 필이면 자동차는 그때 공장 옆을 지나고 있었고 정말이지 기 다란 굴뚝에서 하얀 연기가 뭉게뭉게 나오고 있는 것이 아닌 가. 그게 매연인 줄은 그땐 몰랐지……. 그 뒤로 구름 공장을 많이도 봤다. 여기에도 있고 저기에도 있네. 이렇게 쉬지 않고 구름을 만들어 대니까 하늘엔 매일매일 구름이 있는 거구나,

생각했다. 산타할아버지는 구름 사이를 뚫고 온다. 이 할아버지를 얘기할 때 당당히 빠져나갈 수 있는 엄마 아빠는 거의 없다. 우리 엄마 아빠도 마찬가지다. 그들은 나를 열정적으로 속였다. 어느 날의 크리스마스엔 외출했던 엄마가 헐레벌떡 뛰어들어 오며 말했다. "얘들아. 밖에서 산타할아버지를 만났는데 할아버지가 바빠서 엄마한테 선물 전해 주래" 하며 건넨 건 여러 가지 크기의 색종이 더미였다. 나와 동생은 그길로 헐레벌떡 뛰어나가 깜깜한 밤하늘을 올려다보았지만, 눈에 보이던 건 가로등하고 별빛 몇 개. 실망하며 들어온 우리에게 엄마는 또 한 번 말했다. "엄청 바빠 보이시더라?"

그렇게 속은 세월이 15년이다. 기다림이라는 말엔 설렘이 포함된다. 두 손을 꼭 모으고 설레는 마음으로 늘 뭔가를 기다렸다. 기다린다는 건 심장이 터지는 일이어서 왠지 평생토록 할 수 있을 것만 같다가도 조금만 지나고 나면 꼭 잡은 두 손이 손끝부터 저려 온다. 나는 중학교 1학년 때까지 산타할아버지를 기다렸다. 무려 첫 연애를 하고 첫 배신을 당하던 순간까지도 산타할아버지는 믿어 온 것이다. 어느 날 아빠가 나를 불러 앉히곤 말했다. "수현아, 네가 이렇게까지 오랫동안 믿을 줄 몰랐는데, 너는 벌써 15살이니 어디 가서 산타할아버지 있다고 주장하다간 놀림받을 것 같고, 이제는 알아야 할 것 같아서 말한다. 산타할아버지는 사실 엄마랑 아빠였단다." 영화감독이자 뮤지션인 신승은은 내 이야기를 듣고는 2019년에 낸 크리스마스 노래 가사에 이 비극의 한 부분을 실었다. '중학교 때까지 산타를 기다린 너.'* 어느 순간부터 저릿한 그 감각이 싫어졌다. 마냥 기다린다고 해서 오지 않는다는 걸 깨달았기 때문일까. 그렇게 시간이 지나고 나니까 기다리는 게 점점 더 없어졌다. 사람들은 그것이 슬픈 일이라고들 했다.

1년여 전쯤 알게 된 아이가 있다. 그 아이는 그때 4살이었고 편의상 엘사라고 부르겠다(엘사 옷을 좋아했던 것이 기억에 남는다). 한참 일이 없어 경제적으로 큰 타격을 입었을 무렵, 틈틈이 시나리오를 쓰면서 아르바이트 자리를 구하고

---

* 　신승은 〈크리스마스 하면 무슨 생각이 나나요〉

있었다. 다만 미팅이든 촬영이든 언제 스케줄이 잡힐지 모르기 때문에 시간을 유동적으로 조절할 수 있는 일이 필요했다. 그때 베이비시터를 구하는 어플을 알게 됐고 생전 처음 팔자에도 없(다고 생각했)던 아이 돌보는 일을 하게 되었는데, 그때 만난 아이가 바로 엘사다.

엘사는 책 읽는 것을 좋아했다. 처음 만났을 땐 밥이 맛없으면 유독 정확한 발음으로 "맛이 없어요" 하며 그대로 뱉었는데 점점 시간이 지나니까 참고 먹었다. 엘사는 텔레비전이 평소에는 잠을 잔다고 생각했다. 그리고 텔레비전이 충분한 밥을 먹어야 켜진다고 알고 있었다. 그래서 텔레비전이 밥을 먹고 잠에서 깨는 순간, 그 기회를 놓칠 수가 없는 듯했다. 엘사가 엄마 핸드폰을 가져가서 하는 일은 아무렇게나 사진 찍기. 종종 내 핸드폰에도 흔적을 남겼다. 엘사는 겁이 많이 없다. 그래서 그런가, 기본적으로 과감하게 뛰어다니는 걸 좋아하는데 특히 저 멀리서부터 뛰어와 본인이 좋아하는 극세사 이불에 폭 안기는 놀이를 좋아했다. 그러니까 내가 이불을 들어 펼치고 있으면 엘사가 나에게 달려와 와락 안기는 꼴이다. 언젠가 뱅글뱅글 놀이를 해 주었던 적도 있다. 뱅글뱅글 놀이가 뭐냐 하면 큰 보자기에 엘사를 앉히곤 들어 올려 뱅글뱅글 도는 것이다. 놀이동산의 회전목마를 생각하면 되는데 회전목마보다 한 10배는 빠른 속도다. 엘사는 특히 이 놀이를 좋아했다. 나는 멀미가 났고 엘사는 5번만 더 하자고 졸랐다. 엘사는 잘 웃고 쾌활하고 뭔가 무뚝뚝했다. 그리고 뜬금없이 사려가 깊었다.

어느 날 엘사가 내 손에 끼워진 자수정이 박힌 반지를 만지작거리는 것이었다. 끼고 싶은가 보다 싶어서 빼서 건네주었다. 엘사는 그 반지를 조막만 한 자기 손에 껴 보기도 하고 맨들한 자수정을 만져 보기도 하다가 말했다. "이 반지가 이모 일 많이 하게 해 줘." 사랑스러움에 웃음이 픽 났다. "어구. 그래요? 고마워요" 하곤 반지를 손에 끼웠는데 세상에. 그 뒤로 정말로 바빠져서 엘사를 자주 못 보고 있다. 엘사 어머니에게 종종 연락이 온다. 엘사가 나를 너무 좋아한다고, 언제 오나 기다린다며 잘 지내시냐고.

또다시 크리스마스다. 크리스마스엔 늘 눈을 기다렸고 여전히 눈이 오면 좋겠지만 이젠 뭐 오지 않아도 어쩔 수 없다고 생각한다. 생각해 보면 운전할 때 길이 미끄럽지 않을 테니 오히려 잘된 일이다. 산타할아버지, 정말 없는 거죠. 그렇다면 제가 갑니다. 루돌프가 끄는 썰매 말고 내가 원하는 방향으로 길을 터 갈 수 있는 핸들이 쥐어졌다. 빨간 코 대신에 주황빛 라이트, 기름만 제때 넣어 준다면 멈출 일 없는 내 차를 타고 기다려도 오지 않는 산타를 대신해서 이제는 내가 간다. 기다림은 애저녁에 끝이 났고 그러니까 비로소 내가 갈 수 있다. 엘사, 너에게도 그런 순간이 오겠지만 그게 오랫동안 슬픈 일은 아니었으면 좋겠다.

◇

미피와 담벼락

교실 한구석에 조용히 앉아 있는 아이가 보인다. 아이는 무언갈 열심히 끄적이고 있다. 슬쩍 들여다보니 일본 만화책에서 많이 본 그림체인데 오, 그럴싸하다. 그림을 잘 그리는 조용한 아이라 하면 두꺼운 안경을 낀 곱슬머리에 소심한 작은 아이가 클리셰처럼 떠오른다. 그 아이가 나였기 때문일까? 맞다. 나는 곱슬머리에 두꺼운 안경을 꼈고 조그마했다. 친구들은 안경이 두껍다고 놀렸고 구불거리는 머리를 가지고 놀렸다. 놀림받는 게 싫었지만 아무 말도 하지 못하고 어색하게 웃었다. 어렸을 적부터 낯을 많이 가리던 성격이었는데 그 낯가림을 따라 테이프를 뒤로 감아 보면 기저귀를 차고 엄마 친구에게 안겨 있는 순간으로 돌아간다.

　　　　나는 통곡하고 있다. 자주 그랬는데 이날도 마찬가지였다. 물소리가 들리는 것을 보니 엄마는 친구에게 잠시 나를 맡기고 화장실에 간 것 같다. 손에 물기도 채 닦지 못하고 후다닥 화장실에서 뛰쳐나온 엄마는 나를 안으며 팔자 눈썹을 만들어 보인다. "애가 유난이라 미안해." 엄마는 그렇게 매번 나를 울리며 화장실에 갔다. 엄마는 나를 닮아서 머리는 꼬부랑했고 동그란 안경을 쓴다. 내가 다른 사람에게 안겨도 울지 않던 유일한 순간은 그 사람이 짧은 꼬부랑 머리에 동그란 안경을 쓴 경우였다.

　　　　기억이 생생한 듯 써 보았는데 당연히 하나도 기억나지 않는다. 엄마가 말해 준 이야기라 가공된 기억임에도 엄마의 증언을 한 치도 의심하지 않는 이유는 내가 기억하는 내 모습 역시 그러했기 때문이다. 한글 선생님이 사과 그림을 앞에 놓고 난감한 표정을 짓고 있던 순간이 생각난다. "사과. 이건 사과야." "……." "사과! 사과, 해 볼까?" "……." 입을 꼭 다문 채 한마디도 하지 않았다. 도통 입이 떨어지지 않았기 때문에. 사람들은 항상 말을 해 보라며 보챘지만 나는 입을 뗄 수 없는 이유를 영 알 수 없었다.

유치원에 처음 가던 날엔 뒷자리까지 뛰어가 멀어지는 엄마를 보며 또 한 번 통곡했다. 세상의 낯섦에 매 순간 당황하며 7년쯤 엉엉 울다 보니 어느덧 초등학생이 되었다. 엄마랑 헤어지는 것에 익숙해지니 또 새롭게 적응해야 하는 일들이 생겼다. 그중에 하나는 친구를 사귀는 일이었다. 산 넘어 산이라고 쉽게 할 수 있는 일은 세상 어디에도 없는 걸까. 나는 자리에 앉아 여전히 입을 떼지 못했다. 나와 같은 반에는 '수연'이라는 비슷한 이름의 학우가 있었다. 수연이는 본의 아니게 나랑 이름이 비슷해서 나에게 희망과 실망을 동시에 안겨 줬는데 수연이는 활동적이고 활발했기 때문이었다. 무슨 말이냐 하면 친구가 많던 수연이에게는 쉬는 시간마다 다른 반 친구들이 찾아왔다. 뒷문에서 "수연아!" 하고 부르는 소리가 들리면 순간적으로 뒤를 돌아봤다가 다시 정면을 봤다. 나 부르는 줄 알았지. 아니, 이렇게 글로 쓰니까 되게 슬퍼 보이는데 조금 슬펐지만 괜찮았다. 괜찮았어요……. 그랬다. 수연이를 보며 나는 왜 수현일까 생각했다. '수연'이고 싶다. 우리 반 선생님은 학생들에게 다정했지만 내 생활기록부엔 큰 공을 들이지 않았다.

그때의 나는 인천 어딘가에서 살았고 지금 나는 연희동 어딘가에 살고 있다. 어느샌가 엄마 품에서 벗어난 것이다. 십여 년간 여기저기를 유랑하며 살았고 매번 새로운 집을 찾아야만 했다. 연희동 끝자락에 있는 이 집은 처음부터 썩 마음에 들었다. 거실에는 나름 커다란 창문이 있어서 빛도 잘 들었고 방도 이 가격에 2개라니, 각각의 크기도 달라서 용도에 대한 계획이 잘 세워졌다. 만족스러운 마음으로 부엌으로 향했다. 새로 리모델링을 했는지 스티커도 아직 안 떼어져 있던 부엌을 기쁘게 살펴보다 갑작스레 표정이 잔뜩 일그러지고야 말았다. 그 이유는 미피 스티커. 누군가 즐거운 마음으로 붙여 두었을 미피 스티커. 그 미피가 나를 동그란 눈으로 바

라보고 있었기 때문이다.

　　　　미피는 입에 작은 엑스가 그려진 토끼다. 우리가 잘 알고 있는 그 캐릭터 토끼다. 나는 미피를 싫어했다. 어렸을 적엔 미피를 보면 왠지 모르게 답답하고 미웠다. 미피가 너무 싫은 마음에 상상의 미피를 내 옆에 불러내서 몰래 꼬집곤 했다. 미피의 입에는 왜 엑스가 있지? 마치 누군가 일부러 꼬매 놓은 것만 같잖아.

　　　　연희동에서 갑작스레 미피를 발견하곤 깊숙이 묻어 뒀던 미피에 대한 미움을 뜬금없이 소환하게 되었다. 그리고 문득 궁금해졌다. 누가 미피의 입을 꼬매었는가. 어떤 자식이야. 그 사람은 바로 캐릭터 개발자다. 그는 이런 설명을 덧붙였다. 미피의 입을 꼬매 버린 이유는 아이들이 주체가 되어 말을 하도록 하기 위함이며, 모든 미피 캐릭터들이 정면을 바라보고 있는 이유는 아이들과 눈을 맞추기 위함이라고. 아니 저기요. 저는 저를 표정 없이 뚫어지게 바라보는 미피의 눈이 정말 무서웠는데요. 커다란 귀로 모든 말을 귀담아들으면서도 입에 그려진 엑스 표식은 어떠한 상황이 닥쳐도 말할 수 없어 위험하게 느껴질 뿐이었다. 착해 빠진 미피. 싫어도 싫다고 말하지 못하는 미피. 소심하고 낯가리던 나에게 미피는 압박이었나. 아니면 입을 열 수 없는 상태의 미피, 그 자체가 나였을까.

연희동 언덕 위에 있는 우리 집은 수평을 맞추기 위해 왼쪽 바닥에 콘크리트가 쌓여 있다. 그 콘크리트는 담벼락이 되었다. 그리고 그곳엔 누군가 그려 놓은 그림이 있다. 편안한 표정으로 눈을 꼭 감고선 어깨에 하트를 달고 있는 어떤 이의 형상이다. 몇 년 전, 집을 보러 오던 날에 이 그림을 발견했다. 부엌에 붙어 있던 미피를 보고 심란한 마음이 들었던 그날, 주차장으로 가던 길목에서 뜬금없이 그려진 이 그림을 보곤 멈춰 섰다. 잠시 그걸 바라봤다. 그러다 이곳에서 살아야겠다고 결심했다. 그것이 4년 전, 그러니까 혼자 살던 10년 동안 1년에 한 번씩 거처를 옮기던 나는 이 집에 4년째 살고 있다.

오며 가며 그림을 훑어본다. 잘 있군. 비바람에 조금씩 흐려지는 그림은 언젠가 완전히 지워질까? 그 전에 덧칠이라도 해 줘야 하나 싶다가도 뭐 어떤가. 이 집에 오면 떼어 버려야지 했던 그 미피는 아직도 우리 집에 있지만 이젠 괜찮은데. 부엌 한구석에 자리 잡고 착 붙어서 설거지하는 나를 아무 말 없이 바라보고 있는 미피. 오랫동안 나에게 괜한 미움을 받았다. 너는 너고 수연이는 수연이고 나는 나인 것을. 그래도 입은 터 주면 안 될까요?

◇

**신의필의
파니핑크**

며칠만 있으면 설이다. 서울에서 살고 있고 본가도 서울이라 몇 시간에 걸친 귀경길을 단 한 번도 겪지 않고 명절을 날 수 있는 특권을 누리고 있다. 일찌감치 본가에 도착해서 과일을 씹으며 뉴스를 틀었다. 서울부터 저 끝까지 끝없이 이어지는 행렬을 바라만 봤다. 엄연히 말하면 남 일이어서, 나에겐 크게 문제 되지 않는 일이었다.

우리 집은 어렸을 적부터 화목한 편에 속했다고 볼

수 있다. 크고 작은 일들이 있었어도 사회에서 강조하는 정상적인 가족 단위에서 벗어난 적은 없었기에 각자의 역할에 대해 큰 의심 없이 자라났다. 친구는 말했다. "모든 집안은 마당문을 열어 봐야 안대." 콧방귀를 뀌었다. 우리 집은 화목한데?

　　　안전한 울타리에서 자라다가 22살에 비교적 일찌감치 그 품을 벗어났고 혼자서 마주하는 세상은 내가 누려 왔던 것과 너무 달랐다. 몇 년이 지나서야 비로소 알게 됐다. 화목하다는 말은 하염없이 조그맣고 얄팍한 범위 안에서만 쓰인다는 것을. 내가 누리고 있어서 보이지 않았던 일들, 알기 위해 노력하지 않았던 순간들과 어쩌다 알게 되더라도 믿지 않았던 누군가의 말들. 그건 결국 내 일이 아니었기 때문이고 내가 겪은 적이 없었기 때문이다. 그러니까 나 자체가 얄팍하고 조그만 범위의 사실만을 사실로서 받아들였던 사람인 것이다.

　　　우리 마을엔 시네필이 산다. 그가 제일 좋아하는 술자리 게임은 영화 초성 게임. 영화 끝말잇기. 영화 한 장면 표현해서 맞추기, 자기가 제일 많이 맞추기 등이다. 그의 이름은 신승은이고 이하 신의필이라고 명명하겠다. 신의필은 종종 본인이 좋아하는 영화를 추천해 준다. 그는 안 본 영화가 거의 없다. 하지만 솔직히 안 본 영화도 있겠지……. 그는 다른 건 다 참아도 그 사실에 대해서만큼은 참을 수가 없어 보인다. 평소에 승부욕이란 것을 찾아볼 수 없는 신의필의 눈에 독기가 서리는 순간은 그때뿐이기 때문이다. 본인이 모르는 영화 이야기가 나올 때, 그의 눈은 내일 당장 찾아보고 말 것이라는 의지의 삼백안이 된다. 어쨌든 한두 편 모르는 영화 빼고는 수많은 영화에 대한 박학다식함은 기본이고, 그 박학다식을 가지고서 사회의 수많은 부조리함을 글쓰기로, 본인의 작품으로 녹여 낸다. 여튼, 그런 전사 탓에 웃기고 존경하는 신의필의 추천 영화는 며칠 안에 꼭 챙겨 보게 되는 것이다.

곧 설이다. 신년 맞이는 왜인지 영화와 함께하는 것이 익숙하다. 신의필이 얼마 전에 추천해 준 영화를 볼 참이었다. 그의 추천작, 바로 「파니 핑크」다. 간략한 줄거리를 이야기하자면 파니는 사랑받고 사랑하고 싶은 주인공이다. 매번 사랑에 실패해서 슬픔에 허우적거리는 모습을 하고 있다. 언제 닥칠지 모를 죽음을 초연하게 받아들일 수 있도록 마음의 준비를 하는 모임에 나가는 것이 유일한 위안이다. 그 모임에서 직접 짠 관을 거실 한가운데 두고는 일밖에 없는 삶을 공허하게 지탱한다. 그는 29살이다. 그의 엄마에겐 딱 2가지 걱정이 있다. 그 나이가 되도록 평생 함께할 남자를 만나지 못하고 있는 파니의 인생과 자신의 소설을 비판하는 사람들의 시선. 파니는 늘 엄마의 걱정과 푸념을 온몸으로 당해 낸다.

그러던 어느 날, 우연히 엘리베이터에서 오르페오라는 점성술사를 만나게 되고 고민 끝에 그를 찾아간 파니는 운명의 남자를 만날 것이라는 예언을 듣게 된다. 멋진 정장과 자동차, 기다란 금발을 가진 남자. 그리고 '23'이라는 숫자가 운명의 징표라고 했다. 그 예언을 들은 다음 날, 파니는 출근을 위해 자동차에 올라타 시동을 건다. 그때 파니의 시선을 빼앗은 건 다름 아닌 눈앞의 검은색 자동차. 그 검은색 자동차 운전석에는 멋진 정장을 입은 기다란 금발의 남자가 앉아 있었는데 하필이면 그 자동차의 번호판 숫자가 바로 '2323'인

Add a Title
Blackmagic Pocket Cinema 4K Camera 3840 x 2160 (Ultra HD) 1.78:1 (16:9)
Xeen Primes Lenses
LAT: 37° 36' 14.43" LONG: = 126° 54' 55.29"
Tilt 40° Down Bearing 127° (SE)
DATE: Oct 1, 2018 , Sunrise 6:28 AM Sunset 6:16 PM
Photo Taken:Sep 30, 2020 15:35

24 mm

것이 아닌가. 파니는 그것이 자신의 운명이라 믿으며 그대로 시동을 걸고선 그 남자, 아니 그 자동차로 돌진한다.

그렇게 박살이 났다. 자동차도 사랑도. 그 남자와 파니는 그 후에 전개되는 여러 가지 사건 안에서 사랑하고 갈등하고 의심하다 결국엔 박살이 난다. 자동차가 박살 난 그날에 운명도 함께 박살이 난 걸까? 아니면 예언의 날, 그날부터 애초에 박살이 날 운명이었을까. 흔한 의심, 흔한 사랑 이야기…… 신의필. 정말 이 영화야? 실망스러운걸……. 사실 조금 잠들 뻔하기도 했다. 결론은 안 잔 나, 너무 칭찬한다.

이 영화는 흔한 이성애의 사랑 이야기인 양 앙큼하게 진짜 모습을 감추고 있었다. 금발의 백인 남자와 파니의 사랑 이야기가 아니고, 그들의 사랑을 매개 삼은 파니와 오르페오의 사랑……일줄 알았지? 아니, 둘이서 만들어 가는 공동체 이야기다.

보통 여자와 남자의 관계는 애정으로써 표현된다.

그러니 흔히들 말한다. 여자와 남자는 친구가 될 수 없어. 웃기고들 있다. 이로써 우리는 얼마나 이성애 중심적인 시각으로 세상을 바라보고 있는지를 알 수 있다. 이는 상대를 인격체가 아닌 성적인 대상으로 바라보고 있음을 사실상 인정하는 문장이고, 더 나아가 성별을 이분법적으로만 구분하는 데에 일조하며 특정 공간에서 혹은 일상에서 소수자를 배척, 혐오하는 데에 종종 치사한 방식으로 쓰이고 있다. "네가 여자(남자) 좋아하는 건 인정하는데 나만 안 좋아하면 돼." 음? 레즈비언(게이)도 여자(남자)인 친구 많아요.

　　　　　터무니없는 뼈다귀를 흔들며 파니의 인생을 점치던 오르페오와 지푸라기를 잡는 심정으로 복채를 내던 파니는 극이 진행될수록 '가족'이 된다. 남의 미래를 꿰뚫는 오르페오는 정작 자신의 사랑은 지켜 내지 못하는데 엎친 데 덮친 격으로 빈궁한 형편에 건강까지 나빠져서 집에서 쫓겨날 위기를 맞게 된다. 그때 그의 곁을 함께 지켜 주는 건 오직 파니다. 그가 오랫동안 품고 있던 허무맹랑한 믿음을 파니는 있는 그대로 믿어 준다. 끝까지 지켜 낸다. 피 한 방울 안 섞인 눈물

나는 우정……. 우정? 이 단어로 충분히 설명될 수 있을까? 피 한 방울 안 섞인 눈물 나는 가족의……. 아, 가족이라기에는 '피가 안 섞였으니까' 인정받을 수 없다. 그러니까 아직 마땅히 지칭할 수 없는 단어, 마치 「마더 인 로」˙ 같다.

영화 「마더 인 로」에는 현서 집에 얹혀사는 민진이 혼자 집에 있다가 갑작스레 방문한 현서의 엄마인 형숙을 예고 없이 맞닥뜨리는 장면이 있다. 둘은 레즈비언 커플이다. 언젠가 형숙이 그들의 관계를 알게 된다면 민진은 형숙을 어떻게 불러야 할까. 부를 수 없다. 사회에서 규정하는 정상성에서 벗어난 관계는 법적으로 아무런 보장도 받을 수 없고 코딱지만 한 혜택도 없는데 심지어 부를 수도 없다. 민진과 형숙은 서로를 어떻게 부를 것인가. 나와 함께 사는 고양이와 나는 무엇인가. 오르페오와 파니는 그래서 뭔데.

˙ 「마더 인 로mother in law」(2020). 감독 신승은. '법적인 엄마'라는 뜻으로 동성 커플 사이에서 서로의 어머니를 지칭할 수 있는 단어가 없는 상황을 그린 블랙코미디 단편영화.

언어가 만들어진다는 것은 배제하지 않겠다는 의미와도 같다. 혈연과 이성애에 기반한 얄팍한 가족의 범주를 무한대로 넓히는 일은 너와 내가 제도 안에서 충분한 보장을 받으며 새로운 미래를 안전하게 그릴 수 있는 일, 내가 태어나 처음으로 선택한 사람들 틈에서 더는 외롭지 않을 권리*를 얻을 수 있는 일. 응급실에 실려 간 친구 혹은 동거인의 보호자 칸에 내 이름을 적을 수 있는 일이다.

신의필. 다음 영화는 뭐예요?

*　황두영 작가의 『외롭지 않을 권리: 혼자도 결혼도 아닌 생활 동반자』 제목 인용.

연출/각본   손수현

연수   손수현

현지   정수지

촬영   노다해

제작   이유리

조연출   신승은

동시녹음/믹싱   윤비원

◇

**타이레놀하고
애드빌**

나는 자주 귀찮아한다. 언젠가 '일상을 잘 보내기'와 같은 주제로 글을 쓴 적이 있는데 길고 길게 뭐라고 잔뜩 늘어놓은 글의 요지는 결국 '귀찮지만 일단 살아 보자'라는 것이었다. 나는 트위터를 한다. 귀찮음을 자주 느낀다고 말해 놓고 바로 트위터 얘기를 꺼내다니 죄송합니다만, 나는 트위터를 애용한다. 귀찮을 때 트위터를 켜고 타임라인을 훑다 보면 마음에 안도가 온다. 아, 나만 사는 게 귀찮은 게 아니었네. 조금 더 귀찮아해 볼까……. 트위터는 그런 요상한 위로를 준다. 인스타그램에 멋진 사진을 찍어 올리고서 진이 빠진 사람들이 모인 것만 같다. 작위적인 미소와 멀끔한 의상을 장착하고 월급을 받기 위해 회사로 출근하던 사람이 집에 들어와 팬티만 입고 드러누운 트위터, 아니 본캐. 나는 때때로 자조적인 해탈이 필요하다고 생각하는 사람이고, 그런 의미에서 트위터란 나에게 딱 맞는 취향인 셈이다.

　　　　나는 왜 고향 찾듯 트위터를 찾는가. 누군가의 말처럼 말도 많고 탈도 많은 곳이지만 그 플랫폼 안에는 그래도 내 마음과 같은 사람이 여럿 있다. 더 정확한 말로 그 마음을 눈으로 확인할 수 있다. 예를 들면, 선거. 매번 여러 가지 모양새로 돌아오는 선거 날, 선거 때마다 잔인함에 몸서리를 친다. 나와 같은 생각이 혹은 다른 생각이 정확한 숫자로 소수점까지 확인되는 순간이기 때문이다. 마치 18점짜리 수학 시험지를 받아든 날과 같다. 18점 받은 건 나쁜인가? 충격을 받은 채 고개를 슬쩍 들어 보는데 저기에도 한 친구가 두리번거리고 있었다. 초점 잃은 동공을 보니 딱 봐도 최대 20점을 안 넘는 것이 분명했다. 말 한번 섞어보지 않은 친구였는데 친구가

됐다.

　　느타리와 옥상에서 자주 만났다. 우리 집 빌라는
자유롭게 드나들 수 있는 옥상이 있고, 조금 높은 곳에 지어
진 탓에 굳이 멀리 떠나지 않아도 옥상은 볼만한 풍경을 선사
해 준다. 옥상을 자주 찾던 때는 힘듦이 차곡차곡 쌓이다 터
져 더는 갈 곳이 없을 무렵이었다. 그럴 때마다 담배를 들고
서 계단을 밟았다. 옥상 문을 열면 느타리가 먼저 담배를 태
우며 앉아있다가 소리소문없는 나의 등장에 화들짝 놀라곤
했는데 그 덕에 내가 더 놀라고 그랬지……. 우리는 둘 다 부
정맥도 있다. 그렇게 그곳에서 자주 만났고 놀랐다. 가끔 라이
터를 깜빡하고 올라왔을 때도 당황하지 않았던 건 그를 만날
것이라는 확신 때문이었으니 그 확률은 어마어마한 것이었
다. 당시 느타리 또한 한꺼번에 몰아닥친 일들을 감당하기에
힘에 부치는 상황이었다. 우리는 우리가 디딜 수 있던 제일
높은 곳에 서서 아랫목에 펼쳐진 풍경을 바라보며 말없이 서
로를 위로했다.

여러 가지 하늘을 봤다. 구름 한 점 없던 하늘과 구름뿐이던 하늘, 멸망 직전의 빛이 있다면 이런 걸까 싶던 주황 노을도. 순식간에 사라지며 나타나는 해님과 달님도 봤다. 지구의 인위적인 빛 때문에 우주의 질서가 교란된다던데 어떤 날엔 정말 그런 거야? 싶을 만치 하늘은 어두웠고, 구름이 하늘을 가득 뒤덮은 날의 밤은 옥상 바닥에 둘의 그림자를 만들어 줄 만큼 밝았다. 이상한 일이지만 그런 순간이야말로 오랫동안 남아서 5분을 더, 10분을 더 버티게 해 주었다. 분 단위가 쌓이니 몇 날이 되고 달이 되고 어느덧 2022년이다. 매일 분주하게 움직이는 시계가 구름을, 하늘을 수십 번도 넘게 바꿔 놓는 것만 같다. 그때 그 매 순간엔 느타리가, 친구들이 있어 주었는데 그들은 내게 아무 말도 하지 않았지만 늘 말을 거는 듯했다. 덕분에 생각했다. 그래, 시간은 흐르고 있지.

옥상에만 갔느냐 하면 그건 아닐 것이다. 술도 많이 먹었다. 술이야 늘 먹는 중이라서(지금은 맨정신입니다만) 언제가 언제였는지 언제나 까먹는다. 또렷한 정신이 술김에 사라지는 탓에 술자리에서는 애환 역시 금세 사라지는 법이다.

통증을 단번에 없애 주는 진통제처럼 술은 타이레놀인가. 아니, 그 술을 함께 마셔 주던 친구가 어쩌면.

귀찮아도 일어나서 노트북에 앉았다. 힘들던 순간을 어찌어찌 견뎌 내고 다시 또 살고 있다. 하지만 또 오겠지. 지금은 안 귀찮아도 내일 되면 또 귀찮을 것이 분명하고, 오늘 즐거워도 내일 힘들 수 있다는 걸 안다. 하지만 달라진 건 내게 쥐어진 마법의 알약. 하나둘씩 늘어 가는 약통을 짤랑거리며 속수무책 당하지만은 않을 셈이다. 아 맞다, 트위터는 파란색 애드빌이다.

◇

**덕질,
그 2라운드**

음악 듣는 일을 좋아한다. 나뿐만이겠어. 거리나 상가, 카페나 식당, 가릴 것 없이 어딜 가든 음악이 흘러나온다. 그 속에 가만히 서 있다 보면 세상은 사실 음악으로 만들어진 건 아닐까 하는 생각이 들곤 한다. 사람들은 어쩌다 노래를 흥얼거리게 되었을까. 고된 노동에 힘들어서, 갖은 핍박에 서러워서, 언젠간 떠날 저 존재를 기억하고 싶어서? 어떻게 생각해도 감정 표현의 대리 수단으로써 노래는 그렇게 존재해 왔던 것 같다.

새로운 음악을 찾아 듣는 일을 좋아하기도 하지만 주로 듣던 노래를 질릴 때까지 반복해 듣는 편이다. 멜로디보다는 가사 듣는 걸 더 좋아해서 한국말이어야만 한다. 비트는 너무 잘게 쪼개지지 않아야 하고, 엄청난 고음이 계속되는 것보다는 잔잔하게 읊는 듯한 보컬을 좋아한다. 써 놓고 보니까 마치 이상형 같다. 장조보다는 단조를 좋아하고요, 가사는 최대한 빽빽하고 길면 좋겠습니다. 마음에 꽂히는 주제는 사랑에 관한 것보다는 이런저런 고민에 부딪히며 고뇌에 젖은 뮤지션의…… 까다로워 보이지만 좋아져 버리면 저 모든 나열이 무슨 상관이겠어요. 하하.

신승은의 음악을 좋아한다. 영화감독이자 싱어송라이터로 소개되는 신승은은 나의 절친이기도 하다. 자랑하는 것 같네. 맞고 어쨌든 그렇다. 신승은의 노래를 처음 들었던 건 정말 우연이었다. 내가 사용하는 음악 사이트에서 신승은의 앨범을 추천해 줬는데 그 앨범이 정말 내 취향인 것이었다. 신통방통하기도 하지. 어떻게 알고 귀신같이 추천 앨범에 떴는가. 그 앨범을 질리도록 들었다. 그리고 공연에 갔고 술을 매개로 친구가 됐다. 신승은의 노래를 좋아하는 사람들과 친구가 됐고, 이웃이 됐고, 이제는 함께 한 빌라에 사는 가족이 됐다. 사실 다들 신승은 덕질을 하다가 만나게 된 셈이다. 그 뒤로 어쩌다 함께 영화를 찍게 되었는데 그 영화가 바로 한 영화제 단편 경쟁 대상에 빛나는 「마더 인 로」다. 자랑스러운 내 친구 신승은! 신승은 내 친구다!

이 글을 보고서 질색할 신승은이 떠오른다. 그는 그런 사람이다. 별로 안 튀고 싶어 하는 사람. 근데 본인은 안 꾸미는데 막 돋보인다. 근데 본인은 잘 모른다. 근데 막 사람들이 뒤에 두 줄로 연희동에서 합정동까지 서 있다. 신승은은 절대 뒤를 안 돌아봐서 지금까지도 모른다. 그러면서 외로워하고 잠을 못 잔다. 그 마음을 막 음악으로, 영화로 만드는데 그게 상 받고 그 상금도 막 기부한다. 속에서 끓는 화를 막 글로 표현하는데 글도 너무 잘 쓴다. 공감하고 위로받는 사람들이 망원동까지 쫙 서 있다. 근데 정작 본인은 모른다. 계속 자책한다. 별로라고 생각하면서 슬퍼하면서 그 마음을 시나리오로 막 쓴다. 완전 신이다. 근데 본인은 모른다.

진짜! 사실이다. 자신의 위대함을 모르는 사람들이 얼마나 많을까?

2020년부터 2021년까지, 이 엉망인 세상 속에서 함께 사는 친구들 모두가 각자의 사정으로 너무 힘들었다. 우리는 서로 그 모습을 바라보며 손을 맞잡아 줄 뿐이었지. 세상 곳곳에서 힘듦을 겪는 사람들이 있었겠지. 나는 신승은이, 내 친구들이, 옳은 가치를 지향하는 사람들이 부디 행복했으면 좋겠다. 좋은 사람들이니까 또 좋은 사람들을 만나서 본인들이 하고 싶은 일을 충분한 지지와 격려를 받으며 즐겁게 해낼 수 있으면 좋겠다. 그럴 자격이 있는 사람들이니까. 그러니 각자 자신에게 조금 더 관대해졌으면 좋겠다. 음악감독인 친구 김인영이 『언니에게 보내는 행운의 편지』에서 나에게 해줬던 말이 생각난다. '충분히 잘하고 있다고, 삶을 대하는 태도가 참 멋있다고, 대단한 여성이라고, 존경한다고 말해 주고 싶다'고. 나 역시 좋은 말을 듣는 데에는 영 익숙하지 않지만, 이제는 조금 뻔뻔해지려고 한다. 뻔뻔하게 받고 뻔뻔하게 저 말을 그대로 돌려주고 싶다.

신승은이 주저앉지 않고 앨범을 냈다. 친구라는 이유로 제일 먼저 앨범에 담길 노래를 들어 볼 기회를 얻었다. 앨범의 가사를 인용하여 추천사를 쓰는 영광도 얻었다. 신승은은 얼마 전 개인 SNS에 '올 한 해 가스라이팅으로 욕본 선생님들에게 제 앨범을 바칩니다'라는 글을 게시했다. 아직 못 들어 보신 분들에게 이 앨범을 자랑스럽게 추천하며 그의 앨범에 곁들일 추천사를 공유한다.

　　항상 느끼는 바이지만 신승은의 가사 말은 언제나 솔직하다. 얼핏 들으면 매우 개인적인 경험으로만 느껴져서 가끔은 이 노래 정말 내가 들어도 돼? 여기까지 내가 알아도 돼? 싶다. 그의 삶에 예의 없이 침범하는 타자로서 존재하는 듯하다. 하지만 어떤 전쟁통의 상황에서, 어떤 감정의 모래바람 속에서 그의 노래를 찾게 되는 이유는 역설적이게도 그의 솔직함에 있다. 그가 남겨 둔 빈틈에 있다. 직설적인 단어와 단어, 그 행간에는 내가, 네가, 우리가 있다. 누구든 비집고 들어갈 수 있는 간격을 그는 기어코 남겨 둔다.

노래를 듣자마자 가장 먼저 그의 틈 사이에 들어앉았다. '콩이 된 채로 더러운 세상을 굴러가던' 몇 달을 보내고서 정말로 작디작은 콩이 된 나는 그의 타이틀곡 〈하하하하〉 뮤직비디오 속 공간 한편에 앉아 칼자루를 갈고 있다. 〈항상 축배를 드는 친구〉와 함께.

이 칼끝 말이야, 날카로우니까 조심하자.

좋은 곳에 쓰고 말 것이라는 다짐을 하면서도 '우리 잊을 수 있을까?' 묻고 말았다. 힘들었던 일은 최대한 빨리 잊어버리는 것이 상책이다. 하지만 상처는 상처여서 '너도 못된 사람은 아니지. 나도 막 못된 사람은 아닐걸.' 담담히 내뱉는 그의 말에 조금 서운해지고 만다. 글썽이는 내게 마저 건네는 그의 말은 '내 친구에게 나쁘게 한 건 절대 잊지 않을 거야.' 덧붙여진 속의 말을 들여다본 순간 깨달았다. 그는 진정 다정하군. 하지만 역치를 넘어서면 냉정하기 그지없고 그 분노의 끝에는 포기가 있다. 마치 쇳덩어리 같다. 누구나 탐내는 반지가 될 수도, 아주 얇지만 뾰족한 바늘이 될 수도 있는. 그러니 나는 이 트랙에 '경금(쇳덩이)의 노래'라는 부제를 농담처럼 붙여 본다. 〈너도, 나도 나쁘다기보다는〉 '그냥 우리의 썩은 부분이 잉꼬처럼 만났을 뿐.' *끄덕끄덕.*

　그는 말한다. 〈나는 어쩔 때 보면 슬픈 일 일어나기만 기다린 것 같아〉. 다시 한번 고개를 끄덕였다. 나도 그의 슬픔을 기다린다고 하면 이번엔 그가 서운할까. 끝까지 들어봐. 내 끄덕임에는 어떤 믿음이 있다. 신승은만큼 눈앞의 칼자루를 자신만의 방식으로 멋지게 막아 내는 사람을 본 적이 없다. 산골짜기에, 바닷가에 널려 있는 쓰레기를 산더미처럼 이고 와서는 이리저리 가공해 내는 사람. 수많은 인간관계 안에서 어차피 피할 수 없는 슬픔 내지는 분노라면은 나는 그의 방식을 배우고 싶다. 당장에 내다 버려도 마땅할 감정 쓰레기를 주워 모아 5개의 노래에 결국 담았다. 그래서 그런가요. 그 슬픈 반바지, 당신에게 조화로워 보입니다. 옷태는 사람마다 다르겠지만요.

〈명상의 시간〉을 거쳐서 사바아사나, '들숨에 연대가, 날숨에 가스라이팅이 날아갑니다.' 오늘만 눈 감았다가 뜨면 우리 앞에는 '푸른 바다, 넓은 초원, ……비건.'

'나쁜 새끼들 많은 세상'에서 당신도 부디 '좋은 하루 되세요.'

◇

ABCD······Z

아주 친절하고 다정한 사람을 만난 적이 있다. 언뜻 보면 본인보다 나를 더 사랑하는 것 같은 사람, 태어남의 목적이 마치 나인 것 같던 사람. 말도 안 되지. 그래. 이제 와 생각해 보면 그가 들고 있던 당근의 줄기는 아마도 당근인 척하는 대마였을지 모르겠다.

　　A와 나는 아주 가까웠다. 나도 A를 좋아했고. 그래서 자연스럽게 A가 좋아하는 일을 함께하기 위해 노력했다.

많은 사람과 한꺼번에 어울리는 것을 반기는 편이 아니었어도 A가 좋아하니까 그게 좋은 일이겠거니 생각했다. 머무르기 싫던 술자리도 웃으면서 끝까지 자리를 버텨 냈다. A는 자주 연락하는 걸 좋아했기 때문에 혼자 있고 싶던 시간을 물리치고서 매일 문자를 주고받았고 일주일 중에 절반 이상을 그가 원할 때면 기꺼이 만났다. 그런 시간이 차곡차곡 쌓이고 보니 나도 알고 보면 이런 사람이구나 싶었다. 나도 몰랐던 면이 내게 있구나 했다. 뭐 나 역시 밖에서 나도는 걸 좋아하는 사람이니까 이런 것도 나쁘지 않다고 생각했다.

다만 행복하다고 믿고 있던 순간에도 머릿속에서 떠나지 않는 의문이 하나 있었는데 왜 나는 절대로 A를 만족시킬 수 없는 걸까 하는 점이었다. A는 자주 서운함을 표했고 그럴 때마다 나는 늘 나쁜 사람이 되었다.

어느 날 B는 다른 자리에서 오가던 나의 흉을 시시콜콜 설명하면서 나를 대변하느라 힘들었다고 토로했다. 그는 그것이 나를 '보호하는 것'이라고 했다. 그런 그를 보면서 선뜻 미안하다는 말이 나오지 않았는데 그는 그런 나를 보며 또다시 서운함을 내비쳤다. 내 생각이 B의 판단과 다를 때마다, 내 흉을 별로 전해 듣고 싶지 않을 때마다, 내가 원하는 길로 가고 싶다는 의사 표현을 할 때마다, 그에겐 매번 서운함으로 다가갔다. 그럴 때마다 그는 나를 얼마나 사랑하는지에 대해 타인에게 설명했고 나는 그 옆에 앉아 그 마음 몰라주는 죄인이 되었지. 눈물방울을 뚝뚝 흘려 대며 진심을 강요하는 B를 보면서 나는 왜 저 눈물이 나지 않는 걸까 생각했다. B가 날 위한다며 건네주는 것들을 내가 원했던가 싶다가도, 그 의문이 사라지기도 전에 일단 미안했다.

　　　"이런 식으로 하면 네가 원하는 걸 할 수가 없어."

　　　함께한 시간이 어느 정도 지났을 때, C가 말했다. 그 말을 듣고서 새삼스레 궁금해졌다. 내가 정말 원하는 게 뭐였더라.

　　　말이 느리고 목소리가 작았던 나에 비해 C는 그 소

리가 옆 호실의 공사 소리마냥 우렁찼다. 게다가 말하는 걸 좋아하는 탓에 '대화'의 8할은 C의 몫이었고 어쩌다 내가 말할 차례가 돌아와도 끊임없이 내 말을 끊어 댔다. 그 많은 단어와 단어 사이에는 타인의 의중과는 관계없는 정보가, 사실 여부와는 상관없다는 듯한 그의 단호한 판단이 들어 있었다. 그 단호함은 나에게도 향했다. 나에 대해 입맛대로 규정짓고 그 틀 안에 집어넣기 위한 질문을 던지고 대답을 유도했다. 원하는 대답이 나오지 않으면 나를 영 이상한 사람으로 몰아갔는데 그럴 때마다 나의 정당함을 증명해야만 할 것 같은 압박에 숨통이 조였다. 이상한 사람이 되지 않기 위해 변명을 해 댔다. 그럴수록 나에 대한 그의 판단은 꼬리에 꼬리를 물었고 나는 결국 그 꼬리를 허리춤에 달게 되었다.

아, 그래서 내가 그런 거구나.

점점 더 뻗대기 시작한 D의 발끝이 내 방 한가운데까지 다다르기 시작했다. 더 정확하고 무자비한 말로 나를 깎아내리기 시작했다.

"그걸 왜 그렇게 해? 틀렸어. 이걸 이렇게 만들다니 이건 틀렸어."

"너 계속 그런 식으로 하다가는 정말 큰일 나."

D는 내가 전부 틀렸다고 했다. 그러자 D가 보는 앞에서 어떤 행위를 하는 일이 겁나기 시작했다. 두려움은 증폭되어 D가 보이지 않을 때에도 나의 선택을 의심했고 그건 쓸데없는 에너지를 소모하게 만드는 일이었다. 넘치는 힘을 고스란히 나 자신을 옭아매는 데 쓰게 된 것이다. 어느 순간엔더는 무언가를 할 수가 없을 것 같은 기분에 사로잡혔다. D는 그런 나를 보며 이번엔 위로했다.

"힘들지? 나도 그 마음 알아."

그의 주변에는 항상 사람이 많았다. 사람들에게 보이는 그의 모습은 다정다감하고 유쾌한 사람. 말하는 걸 좋아하지만 그래도 진중할 땐 진중해 보이는 사람. 묵직한 사람. 사람들이 좋아하는 데는 이유가 있겠지. 저렇게 잘 챙겨 주니까 주변에 사람들이 많겠지. 그 생각은 또다시 나에 대한 의심으로 돌아왔는데 이를테면 이런 것이었다. 내가 사회성이 좀 없나, 고집이 센가 따위의. 그의 조언을 잘 받아들이지 못하는 내가 나약하고 쓸모없어 보이기 일쑤였다. 그럴 때면 책상 앞에 우두커니 앉아 있다가 정신을 차리기 위해 또다시 애를 썼다. 그러고 나면 그의 얼굴이 떠올랐다. 미안했다. 그에게 전화를 걸었다. 나 때문에 네가 너무 고생하는 것 같아서 미안해. 그러자 ABCD는 웃으며 말했다.

"나는 괜찮아. 네가 걱정이지."

◇

**준최선의
산책**

한 발자국 떼기가 어렵다. 뭘 하든 그렇다. 빈 페이지 앞에서 입술을 오물거리고만 앉아 있다가 오늘도 글렀구나, 생각이 들 때 번뜩 저 문장 하나가 떠올랐다. 뭐 하나 하려 해도 시작이 왜 이렇게 어려운지 생각해 보면 결국 잘하고 싶어서 그렇다. 그래서 최선을 다한다. 보통 최선의 끝에는 '좋은 결과'가 기다리고 있어야 한다. 아니, 있다고 믿는다. 그것은 최선을 다하게 만드는 동력이 된다. 아무래도 '나쁜 결과'를 얻기 위해 최선을 다하는 건 억울하니까.

하지만 내 손엔 그저 그런 결과가 너무 많고, 그렇담 최선을 다한 것이 아닌가? 아닌데. 분명 최선을 다한 것 같은데. 역시 재능이 없는 걸까. 다 때려치워야 하나 보다. 그나저나 이런 식으로는 도저히 마감을 지키지 못할거야. 그렇다고 어설프게 지껄이는 글을 넘길 수는 없잖아. 끝도 없이 물어뜯는 불안의 꼬리는 손톱부터 갉아먹더니 결국 나를 먹어치운다. 대책이 필요하다. 노트북을 덮고 잠시 멍하니 있다가 뜬금없이 옆에 놓인 책을 들어 올렸다.

'최선을 다하지 않는 것 같습니다.'

문보영 작가의 산문집 『준최선의 롱런』 속의 한 문장이 나를 퍽 때렸다. 아니, 그렇담 내가 방금 울다가 웃은 건 뭐죠? 작가님이 천재라는 뜻인가요? 그의 요지는 이렇다. 멀리 봤을 때 최선보다는 준최선이 가성비가 좋다. 최선은 관성을 깨는 행위이기 때문에 습관이 될 수 없지만, 준최선은 관성이 될 수 있기 때문에 준최선이 근육에 배면 어떤 일을 해도 디폴트 값으로 준최선을 하게 된다. 그러므로 정말 최선을 다해야 하는 순간에 조금만 더 힘을 쓴다면 최선을 다할 수 있을 것. 그리고 글쟁이인 본인의 준최선의 삶은 일기를 쓰는 삶이라는 것이다.

어렸을 적부터 어른들은 내가 얼마나 멋진 직업을 가지고 안정적으로 돈을 많이 벌 것인지에 대해 자주 궁금해했다. 대통령이 뭐 하는지 몰랐던 때에는 대통령이 꿈인 적도 있었고 남들이 의사, 변호사를 많이 쓰길래 나도 따라서 썼다가 박수를 받았다. 그러다 재밌는 게 생겼고 그래서 진지하게 꾼 꿈 중 하나는 미술학원 선생님이었다. 미술학원 선생님이라니, 멋진 직업임은 분명하나 당시에도 안정적이거나 돈을 많이 벌 수 있을 것 같진 않았다. 어떡하지. 깊게 고민을 했다. 그러다 생각해 낸 계획은 이러했다.

(해맑게) 연예인이 되어서 유명해지면 은퇴를 한 뒤에 미술학원을 차리고 유명세로 학생을 받으면 돼!

지금 생각해도 머쓱한 계획이다. 그때의 나에게 돌

아가 말해 주고 싶다. 너 연예인 되긴 되는데 안 유명…… 불가능……. 다른 방법을 모색해 보는 게 좋을 거야. 이제는 안다. 유명한 연예인은 텔레비전에 많이 나오기 때문에 더 유명해지고 유명한 연예인이 텔레비전에 많이 나오기 때문에 더 유명해지고. (반복)

아무튼, 나도 꽤 진지하게 어떻게 살지에 대해 고민을 많이 했다는 거다. 어떻게 살 거냐고 끈질기게 물어보길래 평생을 그것만 생각했다. 매번 이 순간이 마지막 기회일 것 같아서 줄 하나에 매달려 대롱대롱 살았다. 그러니까 이 줄이 끊어지면 나도 떨어질 거야 싶어서 무서웠다. 더는 그러고 싶지 않아서 이젠 또 다른 일상을 잘 살아 내기 위해 고민한다. 내 아침을 먹고 네 간식을 챙겨 주는 거. 장난감을 진짜 사냥감인 것처럼 연기하는 것. 같이 늘어지고, 내 머리와 네 머리를 같이 빗고, 책을 한 권 보다가 쓸 말이 생기면 노트북을 켠다거나, 날씨가 나쁘지 않은 날엔 설렁설렁 걸으며 동네를 구경하고, 우연히 친구를 만나 마시는 커피도 나에겐 최선을 다하지 않으며 최선의 삶을 사는 방법이다. 그렇게 잘 살아 내다 보면 한 꼭지 쓸 말이 생기겠지.

　　　문득 친구가 새로운 사람을 만났을 때 자주 하는 질문이 생각난다. "취미가 뭐예요?" 처음 이 질문을 받았던 날이 기억난다. 일단 당황했다. 그런 질문을 요즘에 누가 하냐 생각하면서도 열심히 고민했다. 취미가 뭐더라. 괜히 멋진 취미를 말하고 싶다는 생각이 들었지만 뻔한 대답을 하고 말았다. 어…… 그냥, 책 보고, 영화 보고…… 그래요.

　　　갑자기 집어 든 책을 향이 좋은 커피 마시듯 호로록 읽다가 노트북을 켰다. 다 썼다. 열심히 썼으니까 이제 안 열심히 산책하러 간다.

◇

숲에서 소화된 날

느타리와 제천에 왔다. 왜 갑자기 제천에 왔냐면 나는 제천을 좋아하기 때문이다. 제천은 오늘까지 합쳐서 세 번째 방문이다. 제천엔 커다란 호수가 있다. 어디서부터 시작되었는지 알 턱 없는 그 물가 옆에는 언제 지어졌는지 알 수 없는 호텔이 떡하니 놓여 있고 그 주변을 고즈넉한 산이 둥글게 감싸고 있다. 특히나 이 호텔을 좋아한다. 근사하게 지어진 부티크 호텔이라든지, 독특한 재질과 구조물의 호텔들이 즐비한 사이에 겉은 예전 그대로이면서도 속은 단정하게 리모

델링한 이런 호텔의 틈새에 끌리는 것이다.

　　　처음과 두 번째는 제천에서 치러지는 영화제에 초청받아 왔다. 영화제 시즌은 늘 여름이었기에 축축한 호숫가 옆 한 객실 안에서 잠을 편히도 잤다. 그 기억은 늘 좋았다. 영화제가 끝나고 집으로 돌아가며 다짐했다. 다음에 또 와야지. 두 번 다짐하니 진짜로 오게 되었다. 그리고 처음 만나는 제천의 겨울이다. 산을 깎아 만든 길은 아무래도 구불구불해서 핸들을 놓을 새가 없고 액셀과 브레이크를 자주 번갈아 밟아야 한다. 시선을 뺏기면 바로 곤두박질이기 때문에 바로 옆에 펼쳐진 전경은 항상 시야각에서 벗어나 있다. 흐릿한 눈으로 풍경을 힐끗거리며 흘겨보는 셈이다.

　　　여행을 떠나는 방법에는 여러 가지가 있겠지만 나는 스스로 운전하는 것을 선호한다. 누군가는 편하게 기차 안에서 풍경을 맘껏 보는 걸 좋아하기도 하고 누군가는 남이 운전해 주는 차에 몸을 싣는 걸 편안해할 수도 있다. 나는 보통 운전하기를 선택한다. 안개에 갇힌 산맥을 비록 흘길지라도 길을 가다 갑자기 나타난 샛길로 슬쩍 빠져 볼 수 있기 때문이다. 나에겐 그것이 묘미인 것이다. 오늘은 여행 이튿날이고 세 번째 묵는 호텔 입구에서 처음으로 우회전을 했다. 정방사라는 절에 가기 위함이었다.

예전엔 종종 교회에 갔다. 좋아하는 애를 따라 교회에 쫓아다니다가 수영장에 가서 세례까지 받았다. 근데 원래 수영장에서 세례를 받나요? 어느 날엔 갑자기 길을 걷다가 눈앞에 보이던 교회에 들어가기도 했는데 그곳의 사람들이 처음 온 나를 위해 노래를 불러 주었다. 그게 고마워서 몇 번 더 나가도 보았지만 하나님께 감사하단 말이 영 나오지 않아서 금세 그만두었다. 그러니까 나는 모태 무교다. 그런데 요즘엔 왜인지 그렇게 절에 가고 싶다. 절에서 보냈던 기억이 있어서 그런 걸까?

눈 덮인 겨울의 절, 하면 곧바로 아쟁이 떠오른다. 고등학교 3학년 때였나, 당시 아쟁을 전공하던 나는 대학교 입시를 앞두고 친구가 잘 아는 절에서 일주일 정도를 지냈던 적이 있다. 걸걸한 소리꾼이 폭포수 밑에서 피를 토해 가며 수련을 했다는 전설처럼 우리도 좀 멋진 말로 입산을 산 공부라고 칭했다. 눈이 채 녹지 않았던 산속의 절이었다. 한구석에 틀어박혔다. 절절 끓는 바닥을 찾아서 오랫동안 연습을 했다. 원래의 나는 한 시간 이상 집중하는 걸 어려워했는데 산에서는 친구와의 수다나 아쟁 말고는 할 일이 없었기에 그것이 가능했다. 절 밥을 잔뜩 먹었고 스님이 내려 주신 차를 괜히 경건하게 홀짝댔다. 산 끄트머리에 서서 산속 공기를 끝없이 들이마시는 일은 눈칫밥을 먹지 않아도 되는 일이었다. 산 공부를 마치던 순간까지도 쌓인 눈은 녹지 않았고 우리는 밟았던 눈을 또다시 밟으며 하산했다.

높은 산 절벽에 걸려 있듯 지어진 정방사는 한 번 더 구불구불한 길을 가게 했다. 뱅글뱅글 돌수록 우리는 높이 올라갔고 커다란 호수와 이름 모를 산맥이 자연스럽게 펼쳐졌다. 그러니 굳이 곁눈질로 힐끗거리지 않아도 그 풍경이 한눈에 들어왔다. 한참을 감탄하며 천천히 달렸다. 느타리는 내 옆에 앉아서 여러 가지 지역을 들먹이며 여기도 저기도 내가

좋아할 것만 같다고 말해 주었다. 이런 식이었다. "언니, 자작나무숲 가면 진짜 좋아하겠다. 기겁할걸", "언니, 전나무 쉼터 가도 좋아하겠다. 기절할 듯." '좋아해'와 '기절'이, '좋아해'와 '기겁'이 영 안 어울린다는 생각이 들어서 웃음이 났다. 그러고 보니 바로 어제도 그런 얘길 했던 것 같은데. 제천 숙소로 향하던 길에 그가 말했다.

"예전에는 이것도 저것도 몽땅 할 말이 되어 주었는데 지금은 금방 까먹고 설령 생각이 나더라도 나오는 데에 오래 걸려."

"예를 들면?"

"예를 들면 음…… 저 숙소 이름, 청풍 발리. 되게 안 어울리는 두 단어가 붙어 있잖아. 예전엔 저런 게 나를 붙들었는데, 지금은 그냥 흘러가."

나는 생각했다. 너는 이런 식으로라도 안 흘려보내는 사람 같은데. 그렇게 도착한 숙소 베란다에서 우리는 호숫가를 바라보며 비틀즈 노래를 들었다. 그 노래가 하필이면 풍경과 너무 안 어울리는 바람에 나는 청풍 발리를 또 한 번 떠올렸고 그건 전부 모아두는 네 덕인 것이다.

자꾸 생각이 어디로 간다. 어디 가니. 절에 가는 길이었지. 근사한 길을 거쳐 정방사라는 팻말이 보인 후엔 간신히 포장된 도로가 나왔다. 빽빽이 들어찬 나무들이 환영해 줘서 조심스레 입장했다. 언제부터 깎였는지 알 도리 없는 절벽이 높다랗게 있으니까 지구 내장에 들어온 것 같았다. 틈 사이사이 가릴 것 없이 나무가 놓여 있었고 3일 전 내린 눈이 여전히 소복한 것을 봤다. 앙상한 나뭇가지 사이로 빛이 쪼개져 차창을 건드렸다. 이따위 도로를 인정할 수 없다는 듯 찻길로 넘실대는 계곡물이 가던 길을 가로막기도 했다.

그 순간 깨달았다. 우리가 오랫동안 산 겉을 훑으면서 왔다면 지금은 산 내부를 관통하는 중이로군. 오늘 점심으로 먹은 두부도 내 위장 안에서 그런 꼴이겠다. 숲에는 소원이 둥둥 떠다녔다. 내 눈에 소원은 안 보여도 길가에 무슨 돌담처럼 쌓여 있는 소원 돌멩이가 그걸 증명했다. 수많은 소

원을 소화 중인 숲이 버겁겠다가도 소원을 빌어야 숲이 배부를까 하는 허튼 생각도 잠시 스쳤다. 어쨌든 우리는 외부 손님이니까 여러모로 조심히 움직여야만 하는 것이다.

정방사 근처에 도착해서 그 밑 주차장에 차를 대고 대낮의 산을 오르기 시작했다. 5분 정도 올랐을까. 정말로 절벽에 간신히 걸쳐진 절이 눈에 들어왔다. 기도 중이니 조용히 해 달라는 글자가 보여서 우린 입을 꼭 다물고 부처님 불상 앞에 서서 기도를 했다. 맨날 바라기만 하는 것 같아서 불공을 드리려는데 꼭 이럴 때면 현금이 없지. 제가 고의는 아니고요, 가엾이 여기시고 소원을 들어 주시면……. 머쓱한 표정으로 올려다보니 부처님은 이런 염치 저런 염치 다 보았다는 표정으로 웃고 있었다.

정방사는 신라 시대에 지어진 절이다. 밭 갈 정_淨에 꽃다울 방_芳. 의상대사의 제자인 정원 스님이 부처님의 가르침을 전하기 위해 스승의 지팡이를 들고 다니며 절을 지을 곳을 찾아다녔다고 한다. 여러 날 동안 산을 넘고 강을 건너 지금의 정방사 자리에 도착했을 때 스승의 지팡이가 땅에 꽂혔고 결국 이런 첩첩산중에 절이 세워진 것이었다. 몇백 년의 세월이 새삼스레 아득해서 조금 슬퍼졌다. 저 소나무는 한 살만 더 먹으면 걸어 다닐 것만 같은데 그때에는 막 태어난 아가였을까. 지팡이가 꽂혔던 그날에도 이곳은 이렇게 고요했나요. 물 흐르는 처마 밑에 걸터앉으니 빽빽하던 숲이 산등성이 되어 눈앞에 펼쳐졌고 산 공부를 마치던 날에 밟던 녹지 않은 눈이 떠올랐다. 숲은 무엇이든 오래 품어 주는구나. 가끔은 영원히 안아 주기도 하고 말이다.

◇

안락

"살아 있는 것 같아!"

　　1분 뛰고 2분 걷다가 또 1분을 뛰고 2분을 걷는, 그러니까 땀을 내는 목적보다는 성취감을 위한 운동을 15분가량 마친 친구가 말했다. 나는 사실 운동을 별로 안 좋아한다. 함께 뛰고 걷던 친구도 별로 안 좋아한다. 그런 우리가 밤 9시 15분에 만나 갑자기 어설픈 운동을 감행한 건 갑자기 뭐라도 하고 싶은 마음이 들어서였다. 하지만 마음은 종종 몸보다 앞서 뛴다. 무릎이 원체 좋지 않던 나는 금세 뜀박질을 멈췄지만, 심장은 콩콩댔고 옅은 열이 났다. 무릎이 조금 욱신거리니 '아 맞다, 내 무릎이 여기 있었지' 했다.

'내가 여기에 있네' 하는 감각이 느껴질 때가 있다. 숨을 쉴 때면 폐가 부풀고, 숨이 지나가면 콧구멍에 난 길이 차갑다가 따뜻해진다. 가만히 앉아 눈을 감으면 정수리 부근에서 옅은 심장이 뛰고, 누워서 손끝에 정신을 집중하면 몸 안에 흐르는 피가 핏줄을 자극하듯 찌릿한 느낌이 든다. 그럴 때면 문득 내가 태어나던 순간의 감각마저 궁금해지는데 그 궁금증은 저 끝까지 뻗치며 죽음의 순간까지 다다른다. 명상은 생각을 구름처럼 흘려보내는 훈련인데 아직 내공이 부족한 자는 어쩔 수 없이 생각의 꼬리를 문다.

죽음의 순간이 수면 마취 같은 걸까 묻던 지혜의 말*에 한참을 머물렀다. 태어남 역시 그 순간과 비슷한 것 같

---

* 은모든 작가의 소설 『안락』 속 주인공.

다는 생각 때문이었다. 죽음이 마취의 순간이라면 태어남은 마취에서 깨어나는 순간이 아닐까. 처음 수면 마취를 했던 날이 생각났다. 위 건강검진을 받던 날, 진작부터 덜덜 떨고 있었다. 그런 나에게 "잠깐 주무시면 돼요" 하고 무덤덤하게 말하던 선생님이 야속했다. 원체 엄살이 많긴 하지만 그래도 이건 좀 더 겁이 났다. 못 일어나면 어떡하…… 하는 순간 기억이 툭 끊겼다. 마취에서 깨어나던 순간엔 정신이 하나도 없었다. 당연하게도 그 사이의 기억은 없다. 태어나는 순간을 기억할 수 있다면 아마 이 과정과 비슷하지 않을까. 정신없이 태어나, 죽는 순간 기억이 끊기는 것. 그렇게 생각하니 정말 수면 마취와 죽음은 닮은 구석이 있군 싶었다.

그렇다면 뚝 끊기는 기억 뒤에는 뭐가 있는 것인가. 지혜는 그것을 무서워했다. 지혜의 할머니가 죽음을 준비 중이기 때문이다. 죽음을 준비한다는 것엔 여러 가지 방법이 있겠지만 안락사가 합법이 된 후라면 이 방법이 절로 떠오를 거다. 내가 죽는 날을 지정하는 것. 소설에서는 그것을 '수명 계획'이라고 했다. 생소한 단어가 마음속에 훅 파고들었다.

우리는 늘 계획을 하며 산다. 아침에 일어나 하루를 계획하고 분기별 계획을 정리하며 이쯤 되면 얼마를 모아서 어디에 있는 집을 샀으면 하고 바란다. 그걸 위해 얼마씩 저축을 하고, 자그만 모든 것들을 계획하고 선택한다. 딱 한 가지 죽음만 빼고서. 야박할 정도로 죽음만을 쏙 뺀다. 마치 없는 것처럼. 그러니까 왠지 죽음이란 늘 멀리 있는 일만 같다. 언젠가 때가 되면 다가올 순간임을 알아도 내게는 닥칠 일 같지 않게 막연해서 나는 내가 살아 있음을 종종 까먹는 건가.

그래도 해야지. 계획할 수 없다면 대비해야 한다. 내 주변 친구들은 각자 핸드폰과 노트에 유서를 적어 두었다. 누군가는 그 유서를 주기적으로 업데이트한다고 했다. 계획대로 죽음을 맞이할 수 있는 확률이 현재에는 없어서, 그러니 대비해야 한다.

갑작스러운 죽음을 종종 상상한다. 그럴 때 제일 먼저 드는 생각은 우리 고양이들은 어떡하지. 내 통장 비밀번호를 유서에 적어 둬야 한다. 얼마 되지 않는 잔고를 보면서 친구들은 또 한 번 슬퍼할지도 모르지만 어쩔 수 없다. 그 돈으로 우리 집 애들 좀 돌봐 줘. 아이들을 받들어 줄 후계자를 지정해야 한다. 이 책이 완성되기 전이라면 그래도 책이 나올 수 있도록 도와주면 좋겠다. 인세를 받을 수 있다면 후계자가 그 돈을 고양이들에게 써 주었으면 좋겠다. 작업 중인 영화가 개봉했으면 좋겠다. 노트북 속에 잠자고 있는 시나리오를 신승은이 멋지게 각색해서 연출해 주면 좋겠다. 그때 촬영은 노다해가, 피디는 이유리가, 조감독은 김주연이, 음악은 김인영이…… 촬영 중 식사는 비건 요리사 박정원에게! 유서 안에는 이런 내용들이 담기겠지. 사랑하는 사람들에게 구구절절 인사를 남기면서. 계획할 수 없는 죽음 앞에서는 대비가 최선인 법이다.

　　　이렇게 저렇게 말이 많았지만 어쨌든 죽는 건 무섭다. 수면 마취가 무서웠던 건 못 깨어나면 죽음이니까 그랬다. 죽는 게 왜 무서울까. 그 뒤에 뭐가 있는지 몰라서? 그래서 종교를 믿는 거라면 조금 이해가 가기도 한다. 죽을 때 아플 것이 무섭다. 다시는 너를 못 볼 거라는 그 사실이 무섭다. 내가 남겨질 사람이라면 걔가 얼마나 아팠을까 마음이 찢어질 것이 무섭다. 결국에는 슬플까 봐 무서운 거다. 그러니 모두에게 슬픔을 천천히 준비할 시간이 주어지면 좋겠다. 그렇다고 적게 울지는 않겠지만.

◇

**사물이
실제로 보이는 것보다
가까이 있음**

가끔 잠자리에 누워 상상한다. 고속도로 위를 달리고 있는데 크게 사고가 나는 상황을. 상상 속에서 차선은 지방이 낀 혈관 마냥 좁고, 차들은 「괴물」의 그 괴물만치 크다. 그러니 그 사고는 내가 아무리 안전하게 운전을 해도 일어나고야 만다. 앞차와 뒤차는 내 차의 꽁무니를 잡아먹을 듯이 달리고 쫓기는 공포는 내 모든 감각을 둔해지게 만든다. 공포가 나를 완벽히 마비시키려는 순간, 몸서리를 치며 눈을 번쩍 뜬다. 컴컴한 방 안이다. 고속도로가 아니야. 그건 일어나지 않은 일이고 그러니까 그 상상은 허상일 뿐이라며 막연한 공포를 잠재우려 애쓴다.

긴 밤이 지나고 해가 뜨면 어젯밤 상상 속의 기억은 깊숙한 곳에 흔적 없이 묻히고 나는 언제 그랬냐는 듯 홀가분한 마음으로 고속도로를 달릴 것이다. 운이 좋다면 겨울의 햇살이 쏟아질 테고, 가로수가 길게 뻗어 있는 길을 달리면서 빛이 부서진다는 말이 관용구가 아니로군 하며 만끽하겠지. 그러니 정말 막연한 공포인 거야. 고속도로에 나가 마주한 실재는 다를 것임을 몇 번의 경험을 통해 이제는 안다. 상상했던 것보다 차선은 넓고 차는 괴물이 아니다. 그리고 나는 운전을 잘한다. 문득 생각이 흐르다 대각선 차선에서 달리는 저 자동차 타이어가 빠져 대롱대롱 굴러오는 지경에 이를 때도 있지만, 나의 상상은 대개 일어나지 않으니 다행이라고 생각한다.

집에 불이 났을 경우를 상상한다. 우선 혼비백산한 고양이를 대신해 정신을 바짝 차려야 한다. 앙꼬는 슈짱바라기니까 슈짱과 앙꼬를 한 캐리어에 넣고 땅이를 다른 캐리어에 넣는다. 젖은 수건으로 캐리어 입구를 막아야 할까? 비상시 대피법을 제대로 알고 있지 못하는 자신을 탓할 시간이 없다. 양손에 캐리어를 들고 문을 박차고 나가야 한다. 문이 안 열리면 커다란 베란다로 뛰어내린다. 우리 집은 그다지 높지 않으니까 주차된 차 위로 떨어지면 그나마 나을지 몰라. 캐리어 2개를 안고 어떻게 뛰어내릴지 계획을 짜다 보면 미치겠지만 다행히도 불이 날 가능성은 적다.

누군가 나를 쫓아오는 상상을 한다. 하지만 저 사람의 힘이 아무리 세다 해도 쇠로 만든 문고리 3개를 쉽게 부술 수는 없을 것이다. 게다가 아까 집에 들어오면서 문을 잘 잠근 것을 기억한다. 머리맡에는 몇 년째 야구방망이가 있으니까 여차하면 이렇게 내리치면 될 것이고 길을 걷다가 변을 당할 확률은 매일 쏟아지는 뉴스를 분석해 보면……몸서리를 치며 눈을 번쩍 뜬다. 나는 지금 집에 있다. 그렇다고 안도의 한숨을 내쉴 수는 없다.

상상이 어딘가에선 실재함을 알고 있다. 그럴 때마다 '나는 아닐 것'이란 확신은 땅에 닿지 않고도 터져 버리는 자잘한 비눗방울 같다. 이렇게 생각이 꼬리를 물다 보면 나는 어디로도 가지 못하겠다. 그럴 때가 있다. 그러니 친구들이 입에 약을 털어 넣고 자다가도 벌떡 일어나 자리에 앉는 거야.

어렸을 적 아빠 차 옆자리에 앉아 눈싸움하듯 바라보던 사이드미러가 생각난다. '사물이 실제로 보이는 것보다 가까이 있음.' 이 문장을 아빠 차에 탈 때마다 되뇌었다. 문장이 머릿속에 입력되기까지 오랫동안 버벅였다. '생각이란 생각하면 생각할수록 생각나는 것이 생각이므로 생각하지 않는 생각이 좋은 생각이라 생각한다' 따위의 의미 없이 반복되는 문장 같아서. 그러니까 사물이…… 멀리 있다는 건가. 사물이, 지금, 내가 보고 있는 게, 멀다.

아. 멀리 있는 것처럼 보인다는 거구나. 실제로는 가깝지만.

◇

떠나요 둘이서
제주도 푸른 섬

나는 사주 마니아다. 2021년 초 뜬금없이 사주를 공부하기 시작했고 그게 약 1년이 다 되었으니 장인까지는 아니어도 열광하는 자 정도는 되겠다. 갑자기 마치 무언가에 홀린 듯이 유튜브 앞에 앉아 '갑인(甲寅)일주'를 검색한 그날이 우리 집 사주 열풍의 시작이었다.

나는 갑인일주다. 우리가 계약할 때 흔히 사용하는 갑, 을, 병, 정의 그 갑이 맞다. 이를 천간의 글자라고 한다. 갑갑甲·을乙·병丙·정丁·무戊·기己·경庚·신辛·임壬·계癸. 90년대에 방영된 만화영화「꾸러기 수비대」를 기억하는가. 만화영화 속에서 십이지신의 캐릭터가 등장하고 나는 오프닝 노래를 통해 자子·축丑·인寅·묘卯·진辰·사巳·오午·미未·신申·유酉·술戌·해亥를 배웠다. 이를 지지의 글자라고 한다. 이 10개의 천간의 글자와 12개의 지지의 글자를 조합하면 총 60개의 경우의 수가 나오는데 이를 가리켜서 육십갑자라고 한다. 각자 태어난 연월일시에 따라 고유한 배열의 일주가 나오고 나는 양력 1988년 2월 29일생으로 갑인일주가 되는 것이다.

내가 사주를 공부했던 이유는 사주를 봐 주겠다고 했을 때 그들이 조금씩 털어놓는 과거를 알게 되는 재미도 있었지만, 그 과정에서 따라오는 '이해'라는 점에 있었다. 그 짧은 순간에 상대에 대해 뭘 얼마나 알 수 있겠냐마는 요즘 사람들이 열광하는 MBTI와 비슷한 원리가 되겠다. MBTI가 16가지로 유형을 분류한다면 사주는 무려 60가지. 갑인일주, 무인일주, 경술일주, 병신일주 등등…… 혹하지 않나요?

뜬금없다면서도 뜬금없이 이 이야기를 시작한 이유는 얼마 전에 맡은 배역 때문이다. 제주도 무당 역할을 맡았다. 제주도에서는 무당을 심방이라 칭한다. 심방 역할을 맡기 전에도 사주를 비롯하여 신점 등 미래를 점치는 일에 관심이 많았다. 이 책에 자주 등장하는 느타리도 나와 비슷하다. 느타리를 따라 성북구 골목 끝자락에 갑자기 덩그러니 있는 작두장군님께 찾아가기도 하고 올해 초에 느타리와 함께 떠났던 제천에서도 신점 투어를 온 것처럼 갑자기 차를 세워 선녀님께 점을 봤다.

이름을 넣고 생년월일을 새기고서 무당 선생님들이 신을 맞이하는 퍼포먼스를 볼 때의 기분이란. 내 미래가 어쩌면 불행할지도 모른다는 두려움과 혹시 모를 설렘은 몇 번을 방문해도 사라지지 않았다. 그렇게 매번 신당 안으로 발을 들였다. 우연히 찾아간 제천의 선녀님은 내 이름과 생년월일을 보고서 이런 말을 했다. "사주 공부 많이 하지 말어. 그러다 신 내린다." 나는 평생토록 흔히들 말하는 '신기'와는 전혀 관련이 없는 사람이었기 때문에 선녀님의 말이 의아하다고 생각하면서도 우선은 알았다며 고개를 끄덕였다. 그리고 몇 달 뒤 신이 내리진 않았어도 무당 역할을 맡게 되었지.

절간의 향냄새를 좋아한다. 향 끝에 달린 불은 일 캐럿의 다이아몬드처럼 조그맣지만, 대가 타 내려가는 순간의 냄새는 지독하게도 거칠어서 그 끝을 한없이 바라보게 된다. 무당의 손에서 잘랑거리는 방울들과 향냄새, 혹은 위엄 서린 목탁 소리와 향냄새. 그것의 공통점은 묘하게 고요하다는 점에 있다. 그 장소를 찾는 사람들은 고요함 안에서 무언가를 간절히 바라고 또 바란다. 제발 저를 도와주세요.

그렇게 제주도에 갔다. 한낱 육지 사람이었던 나와 동료들은 한 달 남짓 되는 시간을 제주도에서 빠져나오지 못하고 그 섬에 적응하느라 꽤나 고생을 했다. 나에게 제주도라고 함은 여유롭게 애인과 함께 놀러 갔던 곳, 친구들과 관광지를 찾아다니며 밤새 술을 퍼먹던 곳. 아름답게 파도치는 에메랄드빛 바다가 있고 기분 좋게 땀을 식혀 주는 바람이 있으며 집마다 쌓아 올린 현무암이 고즈넉이 제주도임을 증명하는 곳. 그뿐이었다. 제주도엔 걷다 보면 종종 들려오는, 육지 사람들은 전혀 알아듣지 못할 법한 제주도의 방언이 있다. 육지와 제주도엔 딱 그만큼의 간극이 있다. 해안도로를 따라 달리다가 시내를 지나칠 때 끔찍한 역사가 적힌 현수막을 분명히 본 적이 있었지만, 어떤 카페나 책방에서 잔혹한 사건의 전말이 담긴 책자를 나눠 주었지만, 나는 흘깃 훑어볼 뿐이었다.

　　육지에 있을 때면 제주도를 잊는다. 까맣게 잊고 있다가 심방이라는 역할을 가지고 제주도에 도착하고 나서야 비로소 해야 할 일들을 깨닫고 말았다. 굿을 배우고, 사설을 외우는 것. 무악기를 다루는 것 말고도 제주도 심방으로서 제주도를 알아야만 했다. 설령 그 앎이 작품 속에 묻어나지 않을지언정 그것이 제주도를 대하는 최소한의 예의일지도 모른다고 생각했다. 왜 이 섬에서는 큰 굿이 마치 제사의 모양을 띠며 500년의 역사를 가지고 무형문화재로 자리 잡게 되었는지, 길거리에 수많은 현무암은 왜 겹겹이 쌓여 담벼락을 이루고 있는 건지, 어떤 마을은 왜 흐릿한 터만 남기고 감쪽같이 사라져 버린 건지, 현지의 택시는 왜 산을 뚫고 가는 길을 택하지 않는 건지. 사라져 버린 마을 위에는 이제 단단한 콘크리트가 깔리고 엉켜 있는 전선을 간신히 비켜 올린 건물들이 빼곡히 들어서 있다. 나는 매번 잘 꾸며져 번쩍이는 거리를 지날 뿐이어서 울부짖던 역사를 알 도리가 없었다. 관심이 없던 것이었겠지마는.

세계에서 유일하게 존재하는 해녀라는 직업은 산업의 발전과 함께 영영 사라질 위기에 놓였다. 또 척박한 땅에서 삶을 꾸려 가는 자들의 안녕과 풍요를 기원하는 심방은 이제 쉽게 찾아볼 수 없는 사람이 되었다. 역사와 함께 걸어온 젊음은 점점 늙어만 가는 법일까. 하지만 조금 알게 된 것이 있다. 회색빛의 시멘트로 망가진 바닥을 꼼꼼히 메우려 해도 절대로 메워지지 않는 설움은 우리가 밟고 있는 땅 어디에나 있고, 제아무리 단단하게 집을 쌓아 올려도 대자연과 인간의 끝없는 욕심 앞에서 속수무책일 것임을. 제주도의 바람은 여전히 인간이 홀로 맞서기엔 너무도 버겁고, 에메랄드빛 바다 그 깊은 데에는 살을 에는 냉기가 있다.

촬영을 마치고 다시 육지에 왔다. 육지에 있을 때면 늘 제주도를 잊어 왔는데 왜인지 서러움을 잊을 수가 없어서 매일 그날의 동료들을 만나고 있다. 그 섬은 오죽할까. 계속해서 기억하는 한, 간절히 비는 자는 언제나 존재하겠지.

◇

착한 사람 되기

어느 순간부터 나에게 생긴 바람이 있다. '착한 사람'이 되고 싶다. 그 바람은 가부장제의 맥락 안에서 여성에게 요구되는 '착함'과는 분명 다르다. '순종'적인 게 아니고, '고분'한 것도 아니고, 보편의 윤리가 보장된다는 전제하의 '선량함'이다. 언뜻 보면 '착하고 선한' 혹은 '상냥한' 마음이란, '선량함'에서 파생된 구체적이고 직관적인 단어처럼 느껴진다. 어찌 보면 맞다. 하지만 아직은 아니다. 모든 걸 초월한 평등의 결과로서 '선량함'이 존재할 뿐, 결과의 과정을 자세히 들여다보면 역사는 오히려 '괴팍함'과 맞닿아 있다. '선량해'지기 위한 그 과정에 '괴팍함'이 놓여야만 하는 비극은 현실에 비극이 실재하기 때문이다.

불균형하게 기울어져 있는 사회구조를 바로 세우는 과정은 지난하다. '착하게' 말해서는 도저히 귀를 열지 않으니까. 독일의 급진적 레즈비언 페미니즘 조직인 '로테 초라'는 무력을 사용했다. 이를테면 노동력을 착취하는 기업에 방화를 저지른다든지, 여성의 몸을 도구화하기 위한 목적으로 재생산기술을 연구하는 연구기관, 여성을 대상화하는데 일조하는 포르노 상점 등을 공격했다. 그들은 적재적소에 '괴팍한' 방식을 사용했고, 그 결과는 호쾌했다. 이 괴팍해 보이는 조직에도 원칙이 있었다. '어떤 경우에도 사람을 다치게 하지는 않는다.' 실제로 그들은 이 대원칙 안에서 치밀하게 움직였고 단한 명의 인명 피해도 없었으나 조직은 테러 집단으로 간주되어 기소되었고 조직은 해체됐다.

왜 그들은 '괴팍하다'는 오명 안에서도 무기를 들

었을까.

보통 폭력을 일삼는 사람을 가리켜 괴팍하다는 말을 붙인다. 언어적으로나 물리적으로나 폭력은 다양한 모양새로 존재한다. 차별과 혐오에 근원을 둔 폭력은 결국 끝을 보고 마는데 그 끝에는 정신적, 물리적, 혹은 상징적 죽음이 있다. 그렇다면 수많은 죽음을 막아 내기 위해 무장한 '로테초라'는 괴팍한가? 이동권을 보장받기 위해 지하철에서, 버스에서, 길을 막는 장애인은 괴팍한가? 차별금지법을 통과시키기 위해 목소리를 높이는 일이, 서울시청을 가득 메우며 이곳에 자신들이 존재함을 알리는 퍼레이드가 괴팍한가? 해고 노동자들이 일할 수 있는 권리를 되찾기 위해 건물을 점령하는 일이 정녕 괴팍한 일이 될 수 있는가? 동물보호 단체가 혹은 개인이, 논비건 음식을 파는 식당에서 생명을 먹는 일을 멈추라 외쳤고 누군가는 그 외침을 폭력이라 했다. 의아했다. 차별에 대한 저항을 폭력이라 부를 수 있다는 점이.

『선량한 차별주의자』라는 책에서 그 답을 찾은 듯

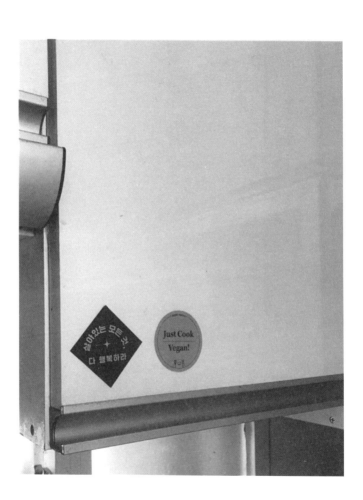

했다. 작가는 자신 또한 언제든 차별을 할 수 있는 사람이라는 점을 스스로 지적함으로써 책의 서문을 열었다. 본인이 어느 강연에서 '결정 장애'라는 단어를 무심코 사용했고, 그 단어를 사용하는 것이 장애인을 차별하는 행위가 될 수 있음을 깨달았다는 것이다. 그 행위가 차별임을, 고로 내가 차별을 행한 주체임을 인정할 수 없었던 순간을 함께 서술한다. 작가의 그 문장에서 모든 불평등의 시작은 단연 믿음으로부터 시작하는구나 싶었다.

나는 선량한 사람이라는 믿음. 사람들은 적어도 평등이라는 원칙을 도덕적으로 옳고 정의로운 것이라고 받아들이기 때문에*, 하지만 그것은 마냥 관념일 뿐이기에, 필연적으로 차별주의자들은 선량한 모습을 띨 수밖에 없음을. 선량하다는 믿음은 명분을 만든다. 이미 기득권층을 위해 편리하게 맞춰진 사회구조 안에서, 끊임없이 주변을 의식하지 않아도 되는 편안한 상태를 유지할 수 있다는 것이 그들의 특권이다.*

* 김지혜 저자의 『선량한 차별주의자』 발췌.

반대로 그것은 특권이 차별이라 외치는 사람들에게 '괴팍하다'라는 꼬리표를 손쉽게 달 수 있는 나태함이 될 수 있다.

　　그렇게 '선량함'을 바라지만, 나 역시 누군가에게 '선량한' 모습을 띤 채 꼬리표를 다는 사람일 수 있다. 분명 그럴 것이다. 자본의 논리로 일구어진 세상은 다양한 사회 계층을 낳았고 나 역시 거기에 속해 있기 때문이다. 그러니까 차별로부터 절대 자유로울 수 없다. 이에 대해 작가는 교차성을 언급하며 단순한 이분법적 시각을 벗어나 여러 차원에서, 입체적으로 세상을 바라봐야만 차별의 현실을 더욱 잘 이해할 수 있다고 말한다.

　　차별금지법 조항에 포함되듯, 인간의 존재는 성, 젠더, 성적지향, 인종, 지역, 장애, 학력 등 서로 다른 사회적 위치에 놓이게 되고 이러한 교차를 간과할 때 오류가 생긴다. 특권과 억압이 어디서부터 오는지, 다층적인 사회구조가 어떠한 방식으로 취약한 집단을 만들어 내는지에 대해 다각적으로 살필 수 없는 것이다.

차별은 복잡한 메커니즘으로 이루어진다. 그래서 책을 읽다 보면 아이러니하게도 세상이 차별에 무딘 것은 어쩌면 숙명일지도 모르겠다는 생각에 다다른다. 끝도 없는 차별의 늪에서 느끼는 일종의 무력함이다. 촘촘한 계층에서 발생하는 불균형을 어떻게 해치울 수 있을까 생각하다 보면 가끔은 지치지만, 그렇다고 넋 놓고 외면할 수는 없는 일이다. 그러니 '선량한' 나는, 너는, 우리는 계속해서 책이라도 펴야 한다. 차별이 없어야 한다는 대전제를 인정하는 최소한의 자세는 누군가의 '괴팍함'을 판단하기 전에 자신의 '선량함'을 의심하는 일이다.

◇

손수현,
손수건,
수현.

누군가 내 이름을 불러 주는 걸 좋아한다. 우리나라 특유의 호칭 문화 안에서 이름 불리는 일이 흔치 않기 때문일지도 모르겠다. 특히 "수현아"라며 다정하게 불러 주는 걸 좋아하는데 그럴 때마다 '내 이름이 수현이었지'라는 사실을 새삼스레 떠올린다. 한국의 종이 쪼가리 족보는 돌덩이 비석처럼 탄탄하고 내 의지와는 상관없이 내가 태어난 대의 돌림자는 어질 현賢이다. 여자아이에게는 돌림자를 붙여 주지 않는 집안도 많다는데 우리 손씨 집안은 나에게 기꺼이 현을

주었다. 제사상에서는 남자 형제들과 함께 할머니, 할아버지에게 절도 하게 해 주었다. 밥상 저 끄트머리에 제일 마지막으로 둘러앉는 건 며느리들뿐이었어도. 어쨌든 손씨 집안에서 내가 태어나자 엄마와 아빠는 머리를 맞대고 '현'자 앞에 붙을 이름을 고민했다고 했다. 손수현이 낫겠어, 손미현이 낫겠어. 수많은 의견과 번복 끝에 나는 결국 손수현이 되었다. 빼어날 수秀에 어질 현賢, 빼어나게 착하다. 뭐 대충 그런 뜻이 되겠다. 어렸을 적엔 이 이름을 매우 싫어했다. 의식의 흐름으로 따라붙은 별명 때문이었다. 예상했는가. 바로 손수건이다.

　　　　초등학교에 입학한 날이었던가, 다음 날이었던가. 어쨌든 얼마 되지 않았을 때 펑펑 울면서 하교를 했다. 엄마는 혹시 누가 때렸는지, 누가 괴롭힌 건 아닌지 걱정이 이만저만이 아니었는데 그 걱정이 당시의 나에겐 딱히 틀린 말도 아니었다. 애들이 손수건이라고 놀린다며 더는 학교에 가지 않겠다고 했으니까. (개근상을 받으며 졸업했다.) 왜인지 기억은 잘 나지 않지만, 당시엔 또 노란 손수건이 유행이었고 손수건 앞엔 여러 가지 색깔이 붙었다. 나는 결국 무지개색 손수건이 되었다. 그렇게 놀려 대는 아이들에게 그만하라는 말도 못하면서 눈물만 질질 흘렸다. 지금 생각하면 웃음만 나는데 그때의 나에게는 정말 심각한 문제였다. 비단 나만 그랬을까. 들어보면 다들 그런 기억이 하나씩은 있다. 신씨 가문이라는 이유로 신라면이 되고, 신씨 성을 가진 또 다른 친구는 탈주극을 벌인 범죄자의 이름으로 불리었다고 했다. 송씨 가문에는 송충이가 있고, 이씨 집안에는 수많은 이소룡이 살고 있으며 장씨 집안의 저 아이는 장독대. 더 나아가 장독대에서 숙성된 쌈장이 되는 기적이 있다.

그런 시간이 켜켜이 쌓이면 내가 선택하지 않은 이름에 반감이 생기게 되는 걸까. 내가 만약 엄마 성을 선택할 수 있었다면 또 달랐을까. 한수현. 거기엔 한국인의 밥상이나 한스델리 따위의 또 다른 별명이 붙었겠지만, 그래도 그건 내 선택이니까 조금 더 감내할 수 있었을까. 어쨌든 수현 말고서 손수현이라고 불리는 일은 아직도 썩 달갑지 않은 일임이 분명하다. 성까지 붙은 이름에 다정함이 담긴 경우를 본 적이 없어서. 부모님과 선생님들이 나를 혼낼 때면 느낌표를 여러

개 달고서 손수현이라고 불렀다. 정확히 어디가 아픈 건지 모른 채로 잔뜩 움츠려 있던 병원에선 "손수현 님, 진료실로 들어오세요" 하고 단호히 호명했다. 친구와 다툴 때면 낮은 목소리의 "야, 손수현." 어느 날엔 같은 빌라에 사는 사람이 올라와서는 "손수현 씨. 그렇게 안 봤는데 정말 실망이네요" 했다네. 네? 저를 얼마나 알길래 실망까지.

        스스로 책임을 져야만 하는 나이가 되고 나서는 혼날 일이 줄었다. 그만큼 누군가 나를 책망하듯 부르는 일 역시 함께 줄었다. 대신에 나에게 맡겨진 역할로 불리는 일이 많아졌고 거기에는 언니, 누나, 선배님, 작가님, 감독님, 배우님 등이 있다. 나는 연기를 하는 사람이어서 보통 배우라고 불리고 이제 포털 사이트에 이름을 치면 내 얼굴이 나온다. 그건 나를 찾아보려면 찾을 수 있다는 의미이기도 하지만 그렇다고 해서 나의 삶이 많은 사람에게 공유되어도 된다는 뜻은 아닐 것이다. 갈등의 상황에서 한쪽만 나를 알고 있다는 사실은, 거기에다 당당하게 나는 너를 알고 있으니 조심하라는 맥락에서의 부름은 정당하지도 동등하지도 않으니까.

'그렇게 안 봤는데 실망'이라는 말을 들은 그날 밤, 분에 못 이겨 술을 퍼마시고는 메모장을 켰다. 아이폰이 공책이었다면 거의 다 쓴 연필심으로 삐뚤삐뚤 적혀 있었을 한 문장을 오타를 내는 줄도 모른 채로 적었다.

손수현. 이름을 전부 부르능 일은 이제 흔치듀 않을 ㅁ분더러 무섭다.

종종 생각한다. 내가 태어날 적만 해도 지금 가지고 있는 이름으로 평생을 살게 될 줄 몰랐지. 비단 이름뿐만은 아닐 테다. 집에서 학교로, 학교에서 사회로 나갈수록 뚜렷해지는 서열과 위계에 의해 정의되는 호칭과 직급은 개인의 이름을 지운다. 손수현은 손수건이 되었다가 어느덧 손 작가, 손 배우가 되었다. 송충이는 송 사원이, 신라면은 신 대리가, 장독대는 장 사장이 되어 버리는 세상에서 나는 점점 더 수현으로 불리고 싶다. 다정한 목소리로 누군가 "수현아" 불러 준다면 나는 "응?" 하며 돌아볼 텐데. 반가움을 가득 안고서.

◇

**집 안이
시끄러운 이유**

인간은 간사하다고 한다. 비슷한 맥락에서 검은 머리 짐승은 거두는 게 아니라는 말도 있고 좀 다른 맥락에서 얼굴에 분칠한 것들은 믿으면 안 된다는 말도 있다. 내 앞에서 웃고 있는 저 얼굴이 뒤돌면 어떤 표정일지 매번 궁금하다.

포유류 중 가장 높은 지능을 가진 인간이라는 종은 명성이 무색하지 않게 또 이 사실을 근거로 삼아 수많은 악행을 저지르고 면피한다. 그렇게 영리하다고 외쳐 대는 인간들은 그만큼 이기적이고 자기중심적이어서 자신의 이익, 자신이 속한 영역의 이익, 그것만을 위해 움직인다. 그 영역은 또 영원한가 묻는다면 그렇지도 않다. 자신의 이익을 위해선 또 얼마든지 표정을 바꿔 댈 수 있는 능력치를 가졌기에 검은 머리 짐승 어쩌구 그딴 말이나 서로 해 대는 거야.

"인간이 너무 똑똑해서 그래. 그래서 인간은 다양한 모습을 띠지."

아니요. 그거 아닌데요.

맥락을 싸그리 지운 주장을 매일매일 듣는다. 틀림을 다름으로, 다름을 틀림으로 탈바꿈시키는 현장을 평생토록 목도하면서도 나 역시 반복되는 잘못들을 외면하고 저지르며 살고 있다. 인간으로 태어나서 인간의 삶을 누리는 자들의 무지의 끝은 어디일까? 자본에 미친 자들은 절대 돌아올 수 없는 강을 건너고 만 것인가. 그 안에서 속수무책으로 헤매고 있다는 걸 매일 아침 눈을 뜨며 느끼던 순간이 있었다.

자고 일어나면 하루가 똑같이 반복되는 영화처럼.

어느 날 나는 끝없는 무력함을 느끼고 말았는데 바로 유배지 같은 일터에서였다. 무력함을 느꼈을 때, 이것이야말로 참으로 새삼스럽고 이 또한 종특의 이기심인가 싶었더랬다. 내가 버틸 수 없는 한계에 부딪히고 나서야 주변의 친구들이 나에게 힘겹게 했던 말을 온몸으로 이해하고 말았으니까. 어쨌든 인간은 간사한 게 분명하다.

한 친구가 말했다. "요즘 책이 읽히질 않아." 또 다른 친구가 말했다. "건물이 무너질까 봐 매일 무서워." 그러자 옆에 있던 친구가 말했다. "그래서 나 요즘 매일 끝없이 유튜브를 틀어 놓게 돼." "글씨가 미끄러져." "감각이 예전만큼 잘 느껴지지 않아." "일을 잘 마무리할 수 있을지 의심스러워." "자다가 무서워서 벌떡 일어나게 돼." "별거 아닌 일에도 눈물이 나." "내가 쓸모가 있을까?" "어디론가 멀리 도망치고 싶어……."

끝없이 이어지는 그들의 말을 들으면서 말했다. 어떡해. 왜 그러지?

우울감에 대해 깊게 생각해 본 적이 없던 나는 큰일이 아니라고 생각했다. 친구들의 상황이 나아지면 금방 지나갈 일 아닐까. 그들의 말을 쉽게 들었다. 제일 먼저 그 일은 내 일이 아니었다. 타인의 상황에 공감하는 일은 인간의 지능과는 관계없다는 사실을 요새 들어서야 깨닫고 있다. 그다음으로 소위 말하는 정신질환과 나와의 거리 두기를 떠올렸다. 사회에서 규정하는 정상성에 부합하기 위해 부단히 노력하던 나는 어떤 것들이 '비정상'으로 취급되는지를 너무나도 잘 알고 있던 것이다. 정상 신체주의, 정상 가족, 이분법적인 성별 규정 속에는 '정상적인' 두 가지 성별만이 존재하고 천편일률적인 결혼 제도 안에서 '정상적인' 성적 지향만이 존중되는 사회. 그 안에서 '비정상'이라고 불리는 것이 무엇인지 너무 잘 알고 있던 것이다.

유배지에 갇힌 나는 멍하니 누워 천장을 바라보다

가 침묵을 견딜 수 없어 텔레비전을 켰다. 평소에는 보지도 않던 프로그램을 틀어 놓고 멍하니 바라봤다. 시간이 얼마나 흘렀는지 모른 채 앉아 있다가 책을 펼쳤다. 글씨가 잘 읽히지 않아서 몇 번을 되새겼다. 한 문장이 머릿속에 들어오는 데에 적잖은 시간이 소요되었다. 이내 책을 덮고 침대에 누워 몸을 뒤척였다. 내가 이곳에서 떠날 수 있을까. 이 일을 잘 끝내고 돌아갈 수 있을까. 매일 밤 눈물이 줄줄 났다.

그렇게 억겁의 시간을 보낸 후 집으로 돌아와서는 그렇게 보고 싶었던 슈짱과 앙꼬, 땅이를 만났다. 그 뒤통수를 매일매일 그렇게나 만지고 싶었는데 정작 아무리 만져 대도 어떤 감각이 느껴지지 않아서 당황스러웠다. 친구들과 수다를 떠는 동안에도 내 넋이 여기에 없음을 느낄 때면 종종 잇몸이 저렸다. 다시 유배지로 도망가고 싶다는 마음이 무엇인지 도통 알 수가 없어서 괴로웠는데 그럴 때마다 내과에 가서 피를 뽑고 싶었다. 그렇게 일주일가량이 지나고 한 친구와 근교에 있는 바다를 보러 갔다. 휴게소에서 3만 원짜리 마이크를 사서 술을 마시며 노래를 불렀다. 우리는 아무런 대화 없이 밤새 노래를 불러 댔고 내일 일어날 수 있을까 걱정하며 잔뜩 취한 채 잠이 들었다.

덜컥 겁이 난다. 나도 모르는 새 잘못을 저지르고 있다는 사실에. 나는 도대체 어디까지 모르고 있을까. 가장 지능이 높은 종으로 태어나서 무언가를 해할 수 있는 상처는 어디까지일지, 세상에 겹겹이 쌓여 있는 이기심에 어디까지 일조하고 있는 건지. 그러니까 어디를 구심점으로 삼아서 부숴 버려야 합리화로 이뤄진 이 세상이 무너질랑가. 여전히 모르겠다.

그날 이후 약을 더욱더 꾸준히 먹고 있다. 거기에는 똑바로 보고 싶다는 마음이 있다. 모르긴 몰라도 포기하지 말아야지. 이기심을 완전히는 못 털어도 잘못하는 줄 아는 인간은 되어야지. ……아, 이 또한 면피인가? 인간의 굴레.

◇

아마도
ESTJ

MBTI가 유행이다. 16가지로 조합된 알파벳 4개로 그 사람의 개인적인 성향을 알아볼 수 있는 방식이다. 단순한 심리테스트 같지만 그보다는 조금 더 신빙성이 있다고 느껴졌던 건 심리학 관련 수업시간에 MBTI에 대해 다루기도 한다는 말을 들었기 때문이다. 기업에 입사할 때도 MBTI 검사를 한다면서? 일종의 적성 검사로 활용되기도 하는가 보다.

물론 저 알파벳이 한 사람의 전부는 아닐 테지만.

심리학을 전공한 친구는 말했다. "그냥 스펙트럼일 뿐이래."
그래그래. 그 말이 맞는 것 같다. 나는 몇 번을 해봐도 INFP가
나오지만, 완벽히 I로, 완벽히 N으로, F로, P로 나온 적은 없
기 때문이다. 결론은 INFP여도 그 중간 어딘가쯤에 걸쳐져
있다는 것. 누군가는 F가 월등히 높은 퍼센트로 나올지 모르
겠지만 어쨌든 그걸 80이라고 쳐도 20은 T인 셈이다. 그러니
까 인간에게는 이런 점도 있고 저런 점도 있는 거겠지.

　　　　한 해가 또 지나간다. '새해 복 많이 받으세요'라는
말을 만나는 사람마다 외쳤던 것이 어저께 같은데 어느새 또
그런 시기가 다가온다. 이 시기가 되면 대부분 자신의 한 해
를 돌아보기 마련이다. 나 역시 닥치는 대로, 되는대로 살다가
이즈음, 주마등 스치듯 지나가는 1년을 되짚어 보곤 한다. 나
에게 올해의 키워드를 꼽으라 한다면 단연 '관계'다. 유독 올
해에는 사람 만날 일이 많았다. 어디론가 이동할 일도 많았다.
촬영을 위해 타지에서 길다면 긴 숙박도 많이 했고 일을 하기
위한, 혹은 쉬기 위한 여행도 짧게 짧게 떠났고.

어디에든 다양한 인간 군상이 존재한다. 촬영 현장도 마찬가지다. 비교적 익숙한 사람들과 편안한 마음으로 작업하는 방식을 근 몇 년 동안 지속하다가 정신을 차리고 보니 완전히 새로운 사람들 틈에서 일을 하고 있었다. 최근에 한 달 남짓 묵었던 곳은 부산의 한 촬영장이었다. MBTI에 대해 이렇게 많은 이야기가 나오는 현장은 또 처음이었는데 평소에 사주니 뭐니 관심이 많던 나에게는 그것 또한 소소하게 즐거운 일이었다. 스태프들은 서로 MBTI를 묻더니 상대방이 대답하기 전에 맞추겠다며 골똘히 생각에 빠지곤 했다. 이곳의 연출부 중 한 명은 MBTI 책을 여러 권 가지고 있다고도 말했다.

또 하나는 감독님이 INTJ라는 점이 유독 흥미로웠다. INTJ를 이곳에서 처음 보았는데, 내 친구들은 10명 중 8명이 INFP이기 때문이다. 이 현장은 아역 배우들이 많이 나오는 현장이었고 감독님은 본인의 얼마 안 되는 F력을 박박 긁어모아 아역 배우들에게 쏟아부었다. "배우님 천재군요?" "너 어무 멋져요." "최고예요." "짱이에요." 모든 감정적인 표현 방식을 그들에게 몰빵했다. 그러곤 본질의 T. 그것은 성인 배우들과 스태프에게 사용되었다. 정확한 디렉팅. 짤 없는 디렉팅. 감독님 머리 위에 놓여 있는 F와 T 버튼이 상황에 따라 다르게 눌리는 것을 상상하며 혼자 실실거리곤 했는데 그 사실을 용케 눈치챈 감독님이 물었다. "제가 로봇이라는 소문이 났다던데 사실인가요?" 억울해하는 감독님을 보면서 고개를 100번이나 끄덕였다. 아, 재밌었다.

그런 감독님이 마지막 날에 넌지시 편지를 건넸다. 귀여운 고양이 달력과 함께. 숙소로 돌아오자마자 편지를 펼쳤고 어떤 한 문장에 눈물이 팡 터지고 말았는데 정확한 워딩을 옮겨 적을 수는 없지만 어쨌든 F의 문장이었다. T의 문장 사이에 섞여 있는 F를 보면서 이것은 우리 감독님의 최대치의 애정 표현인 것을 직감했다. INTJ인 감독님을 좋아한다. 나와 비슷하지 않은 사람을 좋아하는 일은 나에겐 드문 일이어서 이 애정은 어디서 오는 걸까 생각했다. 결론은 별거 없다. 좋으니까 좋은 거지. T든 F든, MBTI란 좋아하는 것 앞에선 무용지물이지. 그냥 재밌을 뿐이다.

이번 1년, 되게 길었다. 어떤 곳에서는 마음도 몸도 너무 힘들었다. 그리고 어떤 곳에서는 몸이 힘들었어도 재밌었다. 안 힘들고 안 어려운 건 없으니까. 타지에서 한 달 남짓 지내며 정을 쌓았던 매니저 둘은 각각의 촬영이 끝나고 회사를 그만두었다. ENTP였던 매니저와는 실실거리며 여기저기 잘도 돌아다녔고 ISFP였던 매니저와는 실실거리며 많은 이야기를 나누었다. 그들에게 새로운 삶이 근사하게 펼쳐질 것이란 걸 알면서도 어쨌든 나와는 마지막 작품이잖아. 생각하니 주책스럽게 눈물이 났다. 역시 누군가와 정이 붙고 누군가를 좋아하는 일에는 답이 없다. 나는 INFP지만 ESTJ일 때도 있어서 네 MBTI가 나오는 영 상관이 없다.

◇

**날개가 있지만
없어요**

나는 정오가 넘은 다음에야 일어나는 아침형 인간이다. 정오에 일어남에도 스스로 아침형 인간이라 말하는 이유는 아침에 일어나면 기분이 좋기 때문이다. 늦게 일어나더라도 저 이유라면 사실 나는 아침형 인간인 것이 아닐까? 현재 새벽 2시가 되어 가지만 노트북 앞에 있는 나는 아침형 인간이길 꿈꾼다. 사람마다 아침이라는 기준이 각각 다르겠지만 나에겐 8시에서 10시 반 사이, 그즈음이다. 요 며칠 그것에 가까운 패턴이어서 마음에 들었다. 사실 요즘이라 말하긴 그렇고…… 어제 아침이 좀 그랬는데 웬일로 오전 8시 반에 눈이 떠졌기 때문이다. 나름대로 만족스러운 결과에는 '해 볼 만한데?' 하는 시작과 '오, 괜찮은데?' 싶은 과정이 있기 마련이다. 그저께 밤이 그랬다. 10시 반에 누웠고 바로 잠이 들었고 많이 뒤척이지 않으면서 잠을 이어 나갔으니 만족스러운 8시 반 기상으로 결론이 났다. 하지만 너무 만족스러운 건 수상쩍다. 왜…… 어째서, 일이 잘 풀리지. 오늘 밤을 경계하자.

그저께 밤과 똑같이 10시 반에 누웠다. 너무 경계했나. 변수가 생겼다. 「스트릿 우먼 파이터」에서 큰 화제가 되었던 〈Hey Mama〉 노래가 머릿속에서 갑작스레 재생되기 시작한 것이다. 이럴 때마다 꼭 영화 「인사이드 아웃」이 떠오른다. 눈치 없는 자아 하나가 그 노래를 꺼내 온 거겠지. 하필이면 이 시간에. 예전엔 2NE1의 한 노래가 밤새 맴돌아서 밤을 꼴딱 새운 적이 있었는데 그때도 그 자아, 음악 담당 개가 쓸데없는 일을 열심히 한 것이겠지. 머릿속에서 울려 퍼지는 〈Hey Mama〉를 잊기 위해 내일 아침에 뭘 먹을지를 떠올렸다. 냉장고에 부추랑 버섯이랑 애호박 등이 있으니까 그걸 잘

게 썰어서 볶고 케첩 볶음밥을 해 먹어야겠다 하는데, 그 위에
BGM이 〈Hey Mama〉.

　　　　　노래를 멈추게 하는 일을 포기했다. 그러곤 그냥
그 노래에 머리를 맡겼다. 내일 오전 8시 반 기상은 물 건너갔
다는 생각과 함께 잠드는 일은 왜 늘 어려울까 싶어서 짜증이
치밀었다. 잠을 잘 자는 사람이면 좋겠다. 잠을 너무 많이 자
는 것도, 잠을 많이 못 자는 것도 수면에 문제가 있는 것이라
했다. 나는 잠을 너무 많이 자는 사람에 속하고 잠자는 시간
이 아까워서 꿈이라도 재밌는 꿈을 꾸었으면 하고 매일 바란
다. 이를테면 나는 꿈이라든지, 나는 꿈이라든지, 나는 꿈 같
은 것이다.

　　　　　오른쪽 팔에는 작은 날개 타투가 새겨져 있다. 얼
마 전 촬영을 마치고 나서 벼르고 벼르던 일을 벌인 것이다.
지우고 싶지 않은 것은 내 마음에 한번 들어온 어떤 가치, 소
중하고 단단한 신념이 될 수도 있겠지만 어떤 순간에 겪었던
한 번의 가볍고 즐거운 경험일 수도 있다. 날아다니는 꿈을

좋아하니까, 실제로 날아 본 적은 없어도 꿈에서 많이 나니까. 그 별거 아닌 마음이 오른팔에 단번에 새겨졌다.

행복한 순간은 실제로도 많다. 그래도 꿈에서 날아오르는 순간은 현실에서 느끼는 행복과는 다르다. 누군가는 날아다니는 꿈이 무서워서 눈을 뜰 수가 없다고 했고 한 친구는 한 번도 꿔 본 적 없는 꿈이라고 했다. 나는 날아다니는 꿈을 자주 꾸고 그럴 때마다 하나도 빼놓지 않고 행복했다. 빽빽한 숲 위를 나는 꿈, 우주까지 닿을 듯 높이 솟은 빌딩 사이사이를 뛰고 나는 꿈, 길게 뻗은 갯물 위를 낮고 느리게 날던 꿈, 친구 손을 잡고 날던 꿈, 사람들 사이에서 뽐내듯 날던 꿈.

모든 날갯짓은 땅에 딛고 있던 발을 팡 차고 나야만 시작된다. 그러고 나면 몸이 말 그대로 깃털마냥 붕— 하고 떠오르는데 그건 꿈에서 말고는 느껴 본 적 없는 자유로움이어서 그 꿈을 자주 기다린다. '행복하다'는 말 이상의 표현이 있다면 그 표현을 100번쯤 나열할 수도 있다. 매일 잠자리에 누워 나는 꿈을 꾸게 해 주세요, 빈다. 그 마음으로 날개를 달았는데 그 뒤로 한 번도 꾼 적이 없어서 야속한 타투다.

　　　　날고 싶다. 난다면 어디로 먼저 갈까. 우선 수직으로 날아올라 구름을 뚫고 올라가고 싶다. 비행기를 탈 때마다 끝없이 펼쳐지는 뭉게뭉게 하얀 구름이 수증기라는 사실을 믿을 수가 없어서 차라리 그 위로 올라가 버리고 싶다. 손오공이 구름을 타고 나는 바람에 완벽히 속아 버렸지만, 그 위에서 구름을 바라볼 수 있다면 근두운*을 믿을 수 있을 것만 같다.

　　　　알라딘은 양탄자를 타고 날아서, 어떤 마법사는 빗자루를 가랑이에 꽂고 날아서, 히어로들은 그냥 맨몸으로 날아서 나도 언젠가 날아오를 수 있을 줄 알았다. 내가 그런 선택을 받는 사람이 될 줄 알았다. 수현, 네가 지구의 마지막 희망이라네. 그러곤 건네주는 빗자루 같은 그런 거. 이제 꿈에서만 가능한 것을 안다. '슬픔이'나 '기쁨이' 등 내 무의식의 자아

*　『서유기』 소설에서 손오공이 타고 다니던 구름.

가 꿈 공장에 반영을 해 줘야만 하는 시스템임으로. 내가 8시간 수면을 지키는 아침형 인간이 될 수만 있다면 재밌는 꿈을 꾸지 않고 일어나도 덜 억울할까.

　　　약 기운에 살살 몽롱해진다. 그럴싸한데. 지금 좀 해 볼 만한데. 지금인데? 내일은 10시 반 기상을 목표로, 눕자. 날자!

쓸데없는 짓

쓸데없는 짓. 쓸데없는 짓이라는 말을 곰곰이 생각
해 보니 별안간 눈물이 핑 돈다. 뭔가를 시간을 들여 열심히
했는데 그게 어디에도 쓸데가 없다는 말을 아주 빠른 속도로
듣는 기분이어서. 그 말은 너무 빠른 바람에 곰곰이 생각해야
만 눈물이 나는 것이다. 쉽게 말하면 돈 안 되는 짓, 혼날 짓,
손해 볼 짓, 그러니까 통용되는 가치에 부합하지 않는 짓.

나는 그런 짓을 많이 했는데 이를테면 이런 것이
다. 수업 시간에 교과서를 펴 놓고 영원히 미완결일 만화 그

리기, 불 켜 놓고 졸면서 기억도 안 날 라디오를 밤새 듣기, 입시를 코앞에 둔 상태로 언젠가 보충해야 할 레슨을 기어코 빼먹기, 그러곤 친구들과 한겨울에 한강 바람 맞다가 감기 달고 오기, 안경 쓰기 싫은 맘에 실눈 뜨고 다니다가 눈 작아지기, 그러다 인상 쓰고 다닌다고 욕먹기, "네"라고 하면 될 것을, "아닌데요?" 했다가 벌점 받기 등등. 쓸모가 없는 행동이다. 쓸데없는 짓이란 말을 조금 더 정성스럽게 쓸모가 없는 행동이라는 말로 풀이함으로써 또 쓸데없는 짓을 해 버리고 말았다.

　　　　술을 좋아한다. 술이 쓸데가 있을까 싶지만 코로나 시대와 맞물려 술, 담배 판매량이 늘었다니 어떤 상황에선 술만큼 쓸데가 많은 것이 없나 보다. 혼자 술을 먹던 날이었다. 2019년 끝자락에 다다르니 괜히 기분이 꿀꿀했고, 그런 날엔 왜인지 와인이 제격이다. 맥주는 기분 좋은 휴식 같아 탈락이고 위스키는 혼자 먹기 아까워 쟁이다가 맛이 숙성된다. 소주는 병 색깔부터 본격적이니까 친구를 불러야 한다. 아무튼, 오늘은 혼자 마시겠다 마음먹곤 만만히 집어 든 와인을 반 정도

들이키니 발끝부터 차곡차곡 쌓아 온 억울함이 밀려왔다. 얇디얇은 시계 침은 가끔 보면 고양이 수염 같아서 우연히 주우면 기분이 좋고 재수가 없으면 발바닥에 박힌다. 피가 나진 않지만 따끔하게 아픈데 가끔은 따가운 게 더 서러울 때가 있다.

　　그날은 왠지 그런 날이었다. 32번째 맞는 연말에 새삼스럽게 취기가 올라 메모장을 켰다. 노랫말을 휘갈겼다. 분명히 쓸모가 없을 것에 쓸모가 생긴 건 그로부터 며칠 뒤 또 다른 술자리에서였다. 그날도 어쩌다가 와인을 먹게 되었는데 술이 아깝지 않게 취기가 올랐고 분위기는 어쩌다 노래를 한 곡씩 부르게 되는 방향으로 흘렀다. 나도 노래를 불렀다. 내 청승맞은 노래를 들던 시나리오 작가님이자 가게 사장님은 이 노래로 뮤직비디오를 한번 찍어 보면 어떻겠냐고 제안했다. "어휴, 무슨 말씀이세요." 손사래를 치고선 집으로 돌아와 자리에 앉았다. 뮤직비디오 말고 짧은 영화를 만들어 볼까. 맥락이 없다. 가끔은 의식이 멋대로 흐르도록 둬야 할 때가 있다. 얇아진 면을 찾아 뭐라도 뚫고 나오도록. 그렇게 12월 30일, 그러니까 2019년 완전한 끝자락에, 흐르는 의식대로 첫 번째 단편영화 「프리랜서」가 완성되었다.

　　　　2019년엔 어쩌다가 쓸데없는 짓을 하기 시작했다면, 2020년엔 그걸 아주 체계적으로 하기 시작했다. 작년 막바지에 알게 된 건 세상에 영화를 찍는 것만큼이나 돈이 많이 드는 일은 없다는 것이었다. 10분 남짓한 영화를 찍기 위해 집에서 쓸모없이 자리 잡고 있던 것들을 모조리 당근마켓에 팔며 남은 교훈이다. 이 짓을 내 돈으로 하기 힘들다는 것을 깨닫고선 떨어지고 말더라도 단편영화 제작 지원 사업에 도전해 보자 생각했다. 쓸데없는 짓을 하려면 선행되어야 하는 또 다른 쓸모없음은 필수이고 그것은 직박구리 폴더 어딘가에 영원히 처박힐지도 모를 시나리오를 쓰는 일이었다. 본격적으로 카페에 출근하기 시작했다. 마음먹지 않았으면 쓰지 않았을 커피값이 쓸데없이 하루에 5천 원씩 나갔지만, 시간을 보내는 만큼 쓸데없는 페이지는 잘도 허비되었다.

　　　　그렇게 완성된 첫 번째 시나리오 제목은 「달팽이」. 초등학생인 예준이가 동네 꼬마들 손에 붙잡힌 달팽이를 구

하며 벌어지는 이야기다. 내가 초등학교에 다니던 시절, 실제로 하굣길에 달팽이를 가지고 실랑이하는 아이들을 발견한 적이 있다. 나는 당시 하루 용돈이었던 천 원과 달팽이를 바꿨다. 그러곤 일부러 아스팔트 위에 놓아 줬는데 그 이유는 스스로 풀숲까지 걸어갈 힘을 기르란 것이었다. 달팽이와 인사하고 돌아서서 몇 발자국을 걸었다. 그때 같은 아파트 4층에 살던 언니가 나를 부르며 달려왔다. 달팽이는 풀숲을 코앞에 두고 언니에게 밟혔다. 내가 밟은 것도 아니었지만, 손 쓸 겨를도 없었지만, 언니도 일부러 밟으려던 마음이 아니었겠지만, 오랫동안 그 순간을 떠올렸다. 느리고 작은 달팽이에게 이 도시는 위험천만한 세상인 것이다. 이 사실을 그때도 알았더라면 달팽이는 제 명을 다 살 수 있었을까.

그다음에 쓴 이야기는 「옥상에서 만나요」라는 제목의 시나리오다. 한 빌라에 사는 세 여자가 각자의 사연으로 옥상에 올라가게 되는 이야기인데 이건 우리 집 옥상에서 야경을 보다가 떠올랐다. 언덕배기에 있는 우리 집은 올라올 때는 힘들지만 올라오고 나면 근사하다. 가끔 이런저런 일로 답

답할 때면 옥상에 서서 생각한다. 근사한 데로 가고 있는 길이야. 그나저나 제목이 너무 착 붙길래 의아했는데 곰곰이 생각해 보니 그건 이미 너무 유명한 작가님의 책 제목이었다. 영화로 만들어진다면 작가님에게 허락을 구해야지 싶었는데 그럴 일이 아직 없다. 젠장.

포기하지 않고 또 하나 쓴 것은 아직 제목이 정해지지 않아서 맨날 바뀌는 제목의 「너는 맞는데 나는 아니다」이다. 배우인 수민은 다른 일을 병행하며 돈을 버는데, N잡을 하며 자기 직업 정체성에 관해 혼란스러워하는 이야기다. 이 제목은 영 입에 붙지 않고 왜인지 멋 부린 느낌이어서 마음에 들지 않는다. 그렇다고 딱 맞는 제목이 떠오르지도 않아서 난감하다. 아무튼, 나는 1년 동안 무려 3개나 되는 시나리오를 써낸 것이다!

그리고 다 떨어졌다. 광탈.

또 쓸데없는 짓을 한 걸까? 목적을 달성하지 못한

과정은 늘 민들레 씨앗처럼 허공으로 흩날리고 만다. 그걸 잡기 위해 애처롭게 허우적거리는 것은 숙명일까. 너는 또 쓸데없는 짓을 했구나. 쓸데없는 짓을 했구나. 쓸데없는 짓을 했구나. 허우적거리는 손을 멈추고 몸을 굳힌 채 곰곰이 생각해보니 별안간 눈물이 핑 돈다. 정말요? 저는 또 쓸데없는 짓을 한 걸까요?

하늘도 모르는 것이 있다. 어디에나 반전은 존재한다는 사실이다. 그곳이 꼭 영화 속 세상이 아니더라도. 누구도 모르는 곳에 씨앗이 내려앉듯 언젠가 다 쓸모가 있다. 세상에 쓸데없는 짓이 어디 있나요.

「프리랜서」

수지와 수현이 마주 보고 앉아 있다. 웃으며 작게 잡담하는
듯한 수지와 수현.
책상에는 위스키 한 병과 찻잔, 접시에 담긴 두부가 있다.

감독(v.o)   자! 숏 갈게요! 준비되면 말씀해 주세요!

잡담을 나누던 수지와 수현이 대본을 정리한다. 미술팀은
부랴부랴 소품을 마저 정리하고 수지와 수현도 자리를 잡으
며 숏을 준비한다.

촬영감독(v.o)　카메라 돌고 있어요.

음향감독(v.o)　스피드.

감독(v.o)　　레디.

마지막 점검을 하던 연출부가 급하게 슬레이트를 찾는다.

연출부　　　어, 감독님! 잠시만요. 슬레이트!

감독(v.o)　　그냥 슬레이트 마지막에 들어올게요!

　　　　　　레디. 액션!

화면이 컬러에서 흑백으로 바뀌며 수현과 수지는 연수와 현지가 된다.

연수와 현지가 마주 보고 앉아 있다. 책상에는 값비싼 위스키 한 병과 찻잔. 두부가 접시에 담겨 가지런히 놓여 있다. 연수는 위스키를, 현지는 우아한 찻잔에 커피를 마시고 있다.

현지　　　　(커피를 한 모금 호록 마시며) 너 아직 하나도 안 취했어?

연수   (술을 따르며) 웅……. 일하려면 이 정도는 마셔야지.

위스키를 원샷하는 연수. 그런 연수를 바라보는 현지.

현지   (위스키를 따라 주며) 억지로 마시지 마.

연수   이 비싼 술을 어떻게 억지로 먹냐! 네가 사 주는 술은 다 맛있어.

아니, 나 이번에 무슨 공연 포스터 외주 큰 거 하나 맡았거든?

그 대표랑 술을 마셨다? 근데 뭐라는 줄 알아?

연수 씨. 세상에서 제일 비싼 술이 뭔 줄 알아요? 예술이에요.

(몸서리치며) 으, 지랄. (위스키병을 들어 올리며) 야. 이 술이 더 비싸다.

나이 먹은 게 건방지게 반말이나 찍찍하고. 내가 재미라도 있으면 말도 안 해.

재미도 없는데 이상한 농담이나 하고, 같이 온 뮤지션은…….

(멈칫) 아니다……

현지   뭔데.

연수   아니야. 그냥 좀…… 그 뮤지션이 좀 이상했어.

현지   그러니까 그 사람이 누군데.

(몸을 연수 쪽으로 기울이며) 내가 한번 만나 볼까?

현지의 말에 크게 놀라는 연수.

연수   현지야!!! 쉿! (주변을 살피며) 그런 말 좀 밖에서 그렇
게 막 쉽게 하지 좀 마.

현지   쉽게 말한다고 내가? 아닌데. 너니까 말하는 건데.
너한테는 돈도 안 받아. 그거 진짜 엄청난 거 알지?

연수   알지.

현지의 말에 내심 기분이 좋은 연수. 잠시 생각에 빠졌다가
입을 뗀다.

연수   근데 너 어디서 막 돈 안 받고 일하고 그런 건 아니지?

너 돈은 꼭 받아야 해. 아무리 친구여도 조금이라도
받아야 해.

제값을 꼭 받아야 해.

우리같이 일 불규칙하게 하는 직업은 받을 수 있을
때 꼭 받아 둬야 해. 알지?

현지   너 지금 내 걱정하는 거야?

(피식 웃으며) 귀엽다…….

걱정 마. 평생 너한테 밥 사 주고 술 사 주고 월세 내
줄 돈은 있어.

건배하자는 듯 커피잔을 들어 내미는 현지.

연수   (얕게 한숨 쉬며) 지금 그 얘기가 아니잖아.

가볍게 잔을 부딪치고 위스키를 홀짝 마시는 연수.

연수   너는 이제 정말 괜찮은 거야?

현지   어, 뭐, 나야 항상 괜찮았지.

근데 요즘 재미없어서 큰일이야. 적성인 줄 알았는데…….

방법을 좀 바꿔 볼까 싶어.

연수   어떻게?

위스키병을 끌어다가 본인의 앞으로 가져오는 현지. 위스키병을 쓸어내리며 말한다.

현지   지금은 이렇게…… 목 위주로 작업하거든?

근데 피가 너무 튀어서…… 그래서 이걸……

(위스키 라벨을 가리키며) 여기. 여기에 뭐가 되게 많잖아?

여기 중심으로 (손을 돌리며) 이렇게 이렇게, 해 볼까 봐.

현지의 말을 경청하던 연수가 걱정 어린 눈빛을 보낸다.

연수   그러면 너무 아픈 거 아니야?

현지   (단호) 아니. 더 깔끔해.

연수   (금세 신나서 술을 따르며) 이왕이면 깔끔한 게 좋지!

네가 하고 싶은 대로 다 해!

현지   (만족스럽게 웃으며) 네가 좋아할 줄 알았어.

건배하는 연수와 현지. 위스키를 또 한 잔 마신다.

연수   현지야. 근데 나 너 현장에 가 보고 싶어. 재밌는 거
           많을 것 같아.

현지   내 현장? 재밌는 거 많지. 나중에 집에서 조용히 작업
           할 때 연락할게.

연수   내가 가서 도울 일은 없을까?

현지   도울 일……은 아직 없네. 근데 너도 바쁘잖아.

연수   야! 나 하나도 안 바빠!

연수가 발끈하자 그런 연수를 지긋이 바라보는 현지. 현지
의 눈치를 살피던 연수가 말한다.

연수   아니…… 그냥 디자인만 하기에는 너무 불안해
           서…… 그냥 이것저것 알아보고 있거든.

현지	너 돈 필요해?
연수	근데 너 항상 조심해야 해. 알지?
현지	돈 필요하냐고.

망설이다 입을 여는 연수. 뜬금없는 말이 튀어나온다.

연수	나 사실……….
	너 들어가 있는 동안 엄청 심심했어.
	이번에는 운이 좋아서 금방 나왔지만, 다음엔 어떻게
	될지 모르잖아.

갑자기 위스키를 가지고 와 찻잔에 따르는 현지.

현지	……운.
	운은 걔네가 좋았지…….

무슨 의미냐는 듯 바라보는 연수.
그런 연수를 보며 커피를 한 모금 마신다. 말을 이어가는

현지.

현지   내 말은…… 들어가서 이것저것 생각을 좀 해 봤는

데…….

귀 좀 줘 봐.

귀를 갖다 대는 연수와 귓속말로 무언갈 설명해 주는 현지

의 모습이 보인다.

현지의 말을 골똘히 듣더니 입가에 미소가 퍼지는 연수.

연수   야! 그거 진짜 좋은 방법이다!

그렇게 하면 아무도 너 의심 못한다는 거잖아.

현지. 끄덕인다.

연수   진짜로 너 안전한 거 맞지?

현지   너 엄청 심심했었구나.

연수   (현지 쪽으로 몸을 기울이며) 그럼 나…… 부탁 하나만

해도 돼?

현지   (잠시 연수를 바라보다 몸을 기울이며 진지하게) 당연하지.

잠시 망설이던 연수가 어렵게 입을 뗀다.

연수   ……너 들어가 있는 동안 있었던 일인데…….

아까 말한 그 뮤지션……이…… 술자리에서…….

어렵게 말을 이어가는 연수의 손을 덥석 잡는 현지. 둘의 눈
이 마주친다.
현지, 더 이상 말하지 않아도 된다는 듯 연수를 바라본다.
자신의 찻잔에 위스키를 가득 따라 원샷하는 현지, 자리를
박차고 일어난다.

현지   그분은 어디에 사셔?

겉옷을 챙기고 장갑을 끼는 현지. 잠시 그런 현지를 보더니
따라서 옷을 챙겨 입는 연수.

연수	(베실 웃으며) 근데 아프지는 않았으면 좋겠어…….
현지	걱정 마. 내가 알아서 할게.
연수	내가 뭐 도울 일은 없을까?
현지	그냥 밖에서 기다리는 게 도와주는 거야.
연수	내가 10만 원이라도 챙겨 줄…….
현지	야. 됐어. 어디로 갈까?
연수	청담 쪽.

정보를 주고받으며 까만 봉다리를 챙겨서 나가는 현지와 연수. 빈 의자만 남는다.

가게 문이 열리고 닫히는 소리가 들린다.

문에 달린 종이 짤랑이고, 벽에 걸린 하얀 천이 휘날린다.

잠시 후–

감독(V.O)	컷! 오케이요!

연기를 마치는 수지와 수현. 다시 화면 안으로 들어오려는

데 카메라가 돌며 슬레이트를 찾는다. 영화 현장의 모든 소
리가 섞인다.

수지(v.o)   감독님. 이 정도 톤이면 괜찮아요?

감독(v.o)   네! 완전 최고예요! 오케이할게요!

수현(v.o)   (웃으며) 수지 씨, 현지 너무 무서운 거 아니에요?

수지(v.o)   아 정말요? 나 현지 적성인가 봐.

수현(v.o)   아. 직업 전향하는 거예요?

연출부(v.o)   슬레이트 칠게요!

뒤집어진 슬레이트가 화면에 들어오면 슬레이트에 쓰여 있
는 제목이 보인다.

「프리랜서」

연출부   씬1. 컷1. 테이크1.

탁. 슬레이트가 처지면서 암전되는 화면.

손수현(v.o)   컷.

끝.

쓸데없는 짓이 어디 있나요

1판 1쇄 인쇄 2022년 5월 26일
1판 1쇄 발행 2022년 6월 8일

지은이 손수현

발행인 양원석 **편집장** 정효진 **책임편집** 문예지
디자인 신자용, 김미선 **영업마케팅** 양정길, 윤송, 김지현, 정다은, 박윤하

펴낸 곳 ㈜알에이치코리아
주소 서울시 금천구 가산디지털2로 53, 20층 (가산동, 한라시그마밸리)
편집문의 02-6443-8843 **도서문의** 02-6443-8800
홈페이지 http://rhk.co.kr
등록 2004년 1월 15일 제2-3726호

ISBN 978-89-255-7819-4 (03810)